나는 좌절의 스페셜리스트입니다

Together with My Frustrations

나는 좌절의 스페셜리스트입니다

피아니스트 백혜선의 인생수업

백혜선 지음

Together with My Frustrations

딸북

이 순간, 좌절을 견디고 있을 분들에게

지금의 좌절은 당신이 성장하고 있다는 증표입니다

가장 못생긴 발을 내밀다

당신이 자신의 삶을 재료로 하여 글을 쓰기로 했다고 생각해 보자. 지금 당신이 얼마나 젊은 나이이든 간에 머릿속에 수많은 장면들이 스치고 지나갈 것이다. 가족과 선생님, 친구와 동료, 경쟁자와 적을 비롯한 여러 사람의 얼굴들. 찬란했거나 암울했거나 고요히 평화로웠거나 맹렬히 불행했거나 하는 순간들. 지금껏 내가 이룬 일, 아직 이루지 못한 일, 저지르지 말았어야 하는 실수와 잘못, 뜻밖에 주어진 행운 등의 사건들.

그중에는 반드시 글에 들어갔으면 하는 것이 있는가? 혹은 선명하게 떠오르지만 그럼에도 절대로 글에 싣고 싶지 않은 것이 있는가? 나에게는 둘 다 있다. 환하게 반짝이던 순간들로 나의 글을 채우고, 어두웠던 시기는 곧 검은 잉크로 인쇄될 내 인생에서는 아예 존재하지 않았던 것으로 하고 싶다. 그러나 그게 정답일까? 반드시 들어갔으면 하는 것만을 싣고, 반드시 제외했으면 하는 것을 덜어내는 게 내 삶을 글에 똑바로 담아내는 방법일까?

1993년 봄, 나는 반 클라이번 국제 콩쿠르 참가를 몇 달 앞두고 러셀 셔먼 선생님 댁의 피아노 앞에 앉아 있었다. 커다란 방 안에서도 멀리 떨어져 있는 의자 쪽에서 찰칵, 셔먼 선생이 담배에 불을 붙이려고 라이터를 켜는 소리가 들렸다. 그날 내가 연주할 곡은 프란츠 리스트의 〈베네치아와 나폴리〉. 피아노 곡집 『순례의 해』 중 2권에 수록되어 있는 작품으로, 노년의 리스트가 진작 출간되어 있던 컬렉션에서 새롭게 개정하고 보충한 세 개의 곡이다. 그중 제3번 〈타란텔라〉의 연주로 넘어갈 즈음이 되니, 어느새 선생은 내 옆에 와 있었다.

예순세 살의 스승은 가끔은 고심하듯 손을 입 주변에 가져다 댄 채로 가만히 지켜보고, 또 가끔은 크게 손을 흔들고 어쩌다가는 손뼉까지 쳤다. 발음을 정확히 옮겨 적기도 힘든 추임새를 써가면서, 격정적으로 강조해야 하는 부분을 충분히 강조하도록 나를 재촉했다. 곡을 막 마쳤을 때는 아예 나를 저리 밀치고 본인이 직접 피아노를 쳐도 될 만큼 내 오른쪽 가까이에 와 있었다. 나만큼 숨이 차서 헐떡이고 있던 것 같다. 선생에게 배운 지도 이제 십여 년, 참으로 한결같은 열정적인 가르침이었다. 잠시 숨을 돌린 선생이 말했다.

"너무 아름답네, 너무나 정제되어 있고."

쉽사리 칭찬을 해서 용기를 북돋워 주기보다는 수사학적이고 철학적인 지적을 통해 학생이 나아갈 방향을 제시하는 분이었기에, 나는 '너무 아름답다'라고 시작하는 이 말이 절대 칭찬으로 흐르지 않을 것임을 짐작했다. 내 생각은 정확히 들어맞았다.

"그렇지만 바로 그게 문제야. 자네의 가장 못생긴 발부터 앞으로 내밀어야 하네. 매끈한 발을 내미는 걸로는 모든 사람과 똑같을 수밖에 없어. 그건 누구나 갖고 있는 것이니까. 자네의 가장 못생긴 발이야말로 자네가 가진 가장 개인적이고 내밀한 구석을 드러내는 것이라네."

나의 가장 못생긴 발이라…… 이십대 중후반의 연주자였던 내가 그 말의 의미를 바로 이해했던 것 같지는 않다. 선생이 하는 말들이 대개 그랬듯이, 그 말을 머릿속에서 이리저리 곱씹어 봐도 뜻이 정확히 와닿지 않았다. 아마 그 말을 조금이나마 이해한 것은 그 뒤로도 몇십 차례의 무대를 거치고 나서였던 것 같다.

그로부터 삼십 년이 지나 지금 생애 처음으로 쓰는, 어쩌면 마지막으로 쓰는 것일지도 모르는 이 책에 나는 나의 가장 못생긴 발을 꺼내놓는다. 여기엔 창피해서 누구에게도 먼저 꺼내지 않는 이야기, 대화 중 언급되면 어떻게든 화제를 돌리려고 안달인 이야기, 주변인들조차 영영 몰랐으면 하는 이야기도 담겨 있다. 그것이 너무 아름답고 너무나 정제된 이야기들보다 나라는 인간의 내면을 훨씬 더 정확히 표현해주리라 믿는다.

물론 말은 이렇게 했지만, 나의 가장 매끈한 발도 글 곳곳에서 드러날지도 모르겠다. 그것은 혹여나 내가 지닌 너무나 못난 측면들을 읽게 될 독자들로 하여금 '내가 이런 부족한 사람의 글을 뭐 하러 읽는 거지?' 하는 마음이 들지 않도록 일부러 마련해 둔 장치라고 생각해 주면 좋겠다.

미리 말하자면, 이 책은 결코 자서전으로 쓰이지 않았다. 나는 나의 인생을 처음부터 지금에 이르기까지 연대기로 읊을 생각이 없다. 연주란 나 혼자 하는 것이 아니라 청중을 심히 고려하여 그들과 교류하는 작업이듯이, 이 책도 나 혼자 심취하여 떠들거나 독자에게 강요하지 않았으면 했다. 글의 순서 역시 나의 인생 여정을 따라 흘러가지 않은 것도, 독자가 이 글을 자서전처럼 받아들이지 않도록 하기 위함이다. 그저 독립된 이야기 하나하나를 읽고 무언가 공감하거나 사소한 영감이라도 얻는다면 좋겠다, 라는 마음으로 썼다. 그리고 바라건대, 쉽지 않은 삶의 시기를 보내고 있는 이가 내 글에서 작은 용기와 희망이라도 발견한다면 그보다 바랄 것이 없겠다.

2023년 1월
백혜선

차례

1악장

좌절의
기쁨

쌀알만큼이나
작은 기쁨으로

레옹 스필리아르트, 「수영하는 사람」 1910년

어릴 적에 위대한 천재들의 위인전을 읽을 때면 꼭 첫 장에서 마주하는 문장이 있었다. 아주 어렸을 때부터 이 위인들은 '무언가'를 줄곧 손에서 놓지 않았다고. 적어도 다섯 살쯤에 아버지 혹은 어머니의 손을 따라 그 길로 들어선 뒤로 '무언가'를 쭉 붙들고 있었다고. 그 무언가는 어떨 때는 책으로, 어떨 때는 공으로, 또 어떨 때는 악기로 등장했다. 그런 문장을 읽을 때면 나는 왠지 가슴 한 켠이 찌릿하면서 어딘가 짓눌리는 기분이 들었다. 내가 살아가고 있는 인생과는 이미 너무 다른 삶이었으니까.

　일찍이 나는 자신이 천재가 아님을 알고 있었다. 차라리 천재들을 넋 놓고 지켜보며 그들을 한없이 부러워하는 한 명의 범인凡人에 불과했다고 하는 편이 옳을 것이다. 흔히들 예술을 천재의 영역이라고 하지 않는가. 음악을 하다 보면 '내가 이 방면에 재능이 있는 게 아닐까' 하는 조심스러운 기대를, 진정한 천재가 강림하여 무참히 박살내 버리는 순간들이 불쑥불쑥 나타난다.

예원학교를 다니던 시절에도 그랬다. 한국에서 음악으로 내로라하는 중학생들이 잔뜩 모인 이곳에서도 별처럼 반짝이는 독보적인 존재가 있었다. 그중에는 연주만 했다 하면 동급생들이 피아노 주위를 둘러싸고 웅성웅성 모여서 구경하게 만드는 여자아이도 있었다. 너도나도 잘해서 모인 우리들조차 그의 연주는 '다르다'는 것을 이미 귀로 듣고 알았다. 그녀는 악보를 한 번 보면 무엇이든 연주하듯 치는, 말하자면 진정한 천재였던 것이다.

'악보를 한 번 보고 연주하듯 친다'는 것이 얼마나 대단한 재주인지, 잘 와닿지 않는 사람도 있을 것 같다. 셰익스피어의 희곡을 한 번 읽고 그것을 연기할 수 있는 사람이 있을까? 웬만한 대배우가 아니라면 불가능하리라. 연극에서 '연기'란 그저 감정을 담아 대사를 읽는 수준이 아니라, 대본을 완전히 자기 것으로 소화한 다음 그 역할에 몰입하여 자신의 언어처럼 제대로 표현하는 것이다. 그러려면 긴 대사도 외워야 하고 어느 부분을 어떻게 연기하고 강조할지를 오랫동안 숙고해야 한다. 음악도 마찬가지다. 하물며 단선율 악기도 아닌 피아노 악보를 한 번 보고 연주하듯 칠 수 있는 사람은 극히 드물다. 그녀는 그걸 해내고 있었다. 마치 그 악보를 몇 번은 쳐온 것처럼, 아니 자라오면서 늘

처온 것처럼 치고 있었다.

말로만 듣던 '포토그래픽 메모리'라는 것을 실제로 지닌 천재를 보며, 그녀를 웅성웅성 둘러싸고 있는 범인 중 하나로서 나는 생각했다.

'저렇게 될 수 있으면 얼마나 좋을까.'

흔히들 천재는 게으르다, 라고 말하지만 그즈음 나는 이미 그 말이 재능 없고 평범한 사람들을 위로하기 위한 상투어임을 빤히 알고 있었다. 내가 봐온 천재들은 결코 게으르지 않았으니까. 그들은 자신의 재능을 낭비하지 않았다. 그 천부적 재능을 완전히 펼쳐 보이기 위하여 할 수 있는 모든 노력을 다했다. 나는 이어서 생각했다.

'남보다 훨씬 앞서 있는 저 아이는 앞으로 얼마나 멀리 가게 될까.'

어린 중학생이 품기에는 너무나 가혹한 질문이었다. 그리고 동시에, 천재에 관한 내 안의 오래된 기억 하나를 끄집어내는 질문이었다.

지금 피아니스트가 쓴 이 글을 읽는 사람들에겐 뜬금없게 들릴지도 모르지만 내가 단출하게나마 스스로의 재능을 처음 발견한 영역은 수영이었다. 그래, 물속에서 헤엄치는 그 수영 말이다. 종목은 자유형이었다. 다섯 살 이래로 쭉 피아노를 쳐오며 병행하기는 했지만 나 자신이 피아노에 소질이 있다고는 생각하지도 않았으며 그런 칭찬은 몇 번 들어본 적도 없었다. 건반을 누르고 있지만 그 소리가 어떤지, 정확히 어떤 음인지도 모르고 치는 수준이었다. 말하자면 피아노는 나에게 그저 '물체'에 불과했다. 누르면 소리가 나는 물체. 그런데 피아노를 치면서 거의 들어보지 못한 칭찬을, 가볍게 시작한 수영을 하면서 곧잘 듣게 되는 것이었다. 그런 인정의 말들은 어린아이의 마음 깊숙한 곳을 요동치게 하는 법이다. 나는 그길로 매일 대구 변두리에 위치한 문화센터 수영장으로 출근 도장을 찍기 시작했다.

나의 재능이라고 한다면 다른 아이들보다 신체 조건이 유리하다는 정도였던 것 같다. 물이 무섭지도 않았는지 몸으로 물살을 가를 때의 느낌이 너무 좋았다. 그 느낌 때문이었을까, 아니면 또래에 비해 월등히 큰 키 덕분이었을까. 나는 비슷한 노력을 기울였는데도 또래 아이들보다 조금 앞서 있었다. 운동 신경이라곤 하나도 없는 나라도 물속에만 있으면 칭찬 세례가 연거푸 이어졌고 나는 태어나서 처음으로 무언가를 잘한다는 느낌을 받았다. 아마 그때가 내 인생에서 무언가를 잘한다고 생각하고, 잘하는 것을 좋아하던 유일한 순간이었던 것 같다. 넘지 못할 산, 아니 작은 동산도 보이지 않았다. 보이는 것은 내가 앞으로 자연스럽게 나아가게 될 종착지뿐이었다. 어쩌면 내가 '수영의 천재'가 아닐까 매일매일 골몰했다.

천재는 결코 게으르지 않다는 것을 그때 알았다. 타고난 재능 덕분에 노력한 만큼 결과가 그대로 뒤따르는데 어찌 게으를 수 있겠는가. 나는 학교 정규수업을 빼먹으면서까지 내게 주어진 길로 이끌려가듯 수영을 했다. 잘한다고 하니까, 아니 실제로도 잘하니까 더 잘하고 싶었고 재미까지 따라왔다. 수영장이 곧 내가 사는 집이었다. 숨이 막혀도, 힘들고 지쳐서 밖에 늘어져라 누워 있고 싶어도 참아가며 물속에 머물렀다.

그 결과, 승리를 거듭하며 소년체전에도 출전했고 나는 경북 신기록을 세운 선수가 되었다. 열세 살이 되던 해였다. 이제 남은 것은 더욱더 열심히 물살을 가르는 일뿐이었다. 훗날 나의 회고록에 이런 위대한 한 줄을 남기게 될 그날까지.

'나는 아주 어릴 적에 수영을 접했고 그 밖의 다른 것들은 눈에 들어오지도 않았다. 가령 피아노라든가.'

하지만 딱 거기까지였다. 대구에서 서울로 떠난 전지훈련에서 나는 한 수영선수를 마주하게 되었다. 그녀는 나처럼 칭찬에 힘입어서 열심히 하는 수준이 아니라, 타고난 능력과 스스로 품은 열정을 하나로 버무려서 실력으로 살려내고 있는 진정한 천재였다.

아직도 그날 본 그녀의 모습이 눈에 선하다. 나는 이제 막 도착한 훈련장의 분위기에 압도되어 있었다. 대체 왜 수영장에 메트로놈을, 피아노 칠 때나 봤던 저 물건을 가져다 놓았단 말인가. 내가 해온 수영 연습이라고는 기존의 기록을 앞서려는 간절한 마음으로 열심히 헤엄치는 것뿐이었지만 이곳에서는 연습 방식부터 달랐다. 그보다 더 다른 것은 또래 선수들의 눈빛과 집중력이었다. 그리고 나와 차원이 다른 선수들 사이에서도 아예 다른 차원에 가 있는 여자아이가 있었다. 몇 년이 지나 그 아이의 동생인 윤희와 함께 신문에 대서특필된 그녀의 사진과 이름을 보았을 때, 나는 그다지 놀라지 않았다. 마땅한 사람이 마땅한 결과를 낸 것이니까. 그녀의 이름은 최윤정이었다.

특별히 키나 몸집이 큰 것도 아니었지만 그녀에게선 이상하리만큼 어른스러움이 느껴졌다. 아마도 스포츠라는 냉정한 승부의 세계에서 약자가 강자에게 느끼는 위압감 같은 것이었으리라. 이미 수영선수로서 완성된 듯한 소녀 앞에서 키가 한참 더 큰 나는 유망주조차 못 되는 수영 꿈나무에 불과했다.

이미 붙어보기도 전에 주눅이 들어 피하고 싶었으나, 그녀는 나와 같은 또래였기에 다섯 달 뒤에 열린 소년체전에서 자연히 만나게 되었다. 나는 경북 대표, 최윤정은 서울대표였다. 각자 좋은 기록으로 예선을 통과한 우리는 결선에서 중간에 나란히 섰다.

다른 사람은 신경쓰지 말고 연습한 대로 하면 된다고, 나는 속으로 되뇌었다. 어느 시합에서든 그 정도의 집중은 할 수 있었다. 그러나 이 경기에서는 유난히 긴장되어 몸이 벌벌 떨리는 것이었다. 무심코 오른쪽의 천재에게로 눈을 돌렸다. 거기엔 몸의 근육이 부드럽게 풀어진 채로 가볍게 몸을 풀고 있는 소녀가 있었다. 긴장이라고는 찾아볼 수 없었지만 그렇다고 느슨해 보이지도 않았다. 그녀는 긴장과 집중이 반드시 동행하지 않는다는 것을, 이완과 집중이 함께할 수 있다는 것을 나에게 보여주는 듯했다. 수경을 쓰고 있었지만 오직 물 아래만을 응시하고 있다는 것을 알 수 있었다. 수영 외에 다른 모든 것을 머릿속에서 지운 사람 같았다.

나는 주위를 둘러보았다. 스타트 지점에 서 있는 우리들은 최윤정과 그 밖의 아이들로 나뉘는 듯했다. 나는 이미 우리의 시작점이 다름을 느꼈다.

준비…… 땅!

400미터 시합이었다. 이래 봬도 경북 신기록 보유자였기 때문에 쉽게 밀릴 수는 없었다. 시합 전에 긴장한 것치고는 물살을 가르는 기분이 괜찮았고 실제로도 빠르게 잘 나아가 그녀와 나란히 헤엄치고 있었다. 괜한 걱정이었다. 이거 의외로 해볼 만하겠는데?

그런 자신감이 커다란 착각에 불과했다는 것은 승부의 절반쯤 도달했을 때 드러났다. 200미터가 지나고 나니 도저히 따라갈 수가 없었던 거다. 결국 이변 따위는 없었다. 이변이란 비슷한 실력을 지닌 사이에서나 일어나는 일이니까. 최윤정은 압도적인 선두였고, 나는 몇 등을 했는지조차 기억나지 않는다. 그저 그 반짝이는 천재의 꽁무니를 멀찍이서 뒤쫓는 비참함, 한때 천재인 줄 알았다가 밑천이 낱낱이 드러난 범인의 좌절감이 희미하게 기억날 뿐이다. 늘 연습한 대로만 하면 잘되었는데, 남들보다 몇 시간씩 더 연습했는데, 물속에서 거의 살다시피 했는데. 내가 골인 지점에 도착해 숨이 턱 끝까지 차올라 헉헉대던 와중에도 천재는 달랐다. 진작 도착한 그녀는 이제 평온하게 숨을 몰아쉬고 있을 뿐이었다. 까무잡잡한 얼굴로 흰 이를 드러낸 채, 그리고 아이답게 활짝 미소 지으며.

소년체전에서 돌아와서도 수영 연습은 계속되었지만 더이상 예전 같지는 않았다. 연습 시합을 하면서 여전히 선두를 달리고 있어도, 왠지 저 앞에서 발을 차고 팔을 휘젓고 있는 듯한 진정한 천재의 존재가 그려졌다. 마치 제 세상을 만난 듯이 물속에서 유독 편안해 보이던 최윤정 선수의 얼굴을 계속 떠올렸다. 아마도 그즈음 6학년 여름방학부터 나는, 내가 아무리 연습해도 도달할 수 없는 저 위의 경지가 있음을 깨달은 것 같다. 한때 집과 다름없었던 수영장에 가는 일은 그렇게 서서히 줄어들었다.

수영의 천재라고 생각한 나는 사실 진짜 천재가 아니었다. 그 사실을 인정하자 오히려 마음이 후련해졌다. 무언가 가슴을 꾹 누르던 게 풀리고 있는 느낌이었다. 얼마 지나지 않아 나는 수영선수의 자리에서 내려왔다. 나의 재능 없음을, 이 세계엔 내 능력을 비웃을 진짜 천재가 얼마든지 있음을 아프게 깨달은 것이 결정적 계기였지만 그것만이 전부는 아니었다. 수영은 최고가 되지 못하고 순위권 안에 들지 못한다는 이유만으로 나를 좌절시켰지만, 최고가 되지 않고 순위권 안에 들지 않아도 포기하거나 좌절하고 싶지 않을 무언가가 나한테 있지 않을까 생각했다. 칭찬과 인정에 집착하지 않고도 내가 기꺼이 하고 싶어하는 것도 하나는 있지 않을까 했다. 그리고 어떤 물체가 시야에 들어왔다.

한동안 수영 때문에 덮어 두었던 피아노 앞으로 가서 앉았다. 돌연 어떤 마음이 들었는지는 모르겠지만, 무언가 강력한 이끌림이 일었던 것 같다. 누군가의 손에 의해서가 아니라 나의 손에 의해서. 피아노 앞에서 나는 피아노라는 물체가 어떻게 생겼는지를 다시금 확인했다. 수영장에서 사느라 도통 치지 못했던 건반을 누르니 싱거운 소리가 울렸다. 그 소리가 어쩐지 너무 나다워서 한참이나 반복해서 치고 들었다. 싱거운 소리가 나를 다독이는 것 같았다. 피아노가 마치 나의 감정을 소리로 흡수하는 것 같았다. 명랑하면서도 가볍고 조금은 텅 빈 소리가 방 안에 울렸다. 이런 소리가 나는구나. 별것 아닌 작은 소리에 이상하게 몸이 흔들렸다. 그것은 쌀알만큼 작은 기쁨이었지만, 어쩌면 나로 하여금 그후 오십 년 가까이를 피아노 앞에 앉아 있도록 만든 기쁨이 아니었을까.

천재를 끊임없이 마주해야 하는 것은 피아노도 마찬가지였다. 예원학교에서 만난 천재 동급생은 귀여운 수준이었구나, 할 정도로 실로 어마어마한 천재들도 있었다. 그들을 보며 내가 조금의 열등감도 느끼지 않았다고 한다면 그런 거짓말과 헛소리도 없을 것이다. 하지만 그 열등감이 체념과 포기로는 이어지지 않았다, 아직까지는.

세월이 흐르면서 뻔뻔해졌는지 이제는 마음이 오히려 편하기까지 하다. 프로페셔널의 세계에서 나보다 뛰어난 사람 또는 대단한 천재를 마주하지 않는 게 오히려 재미없는 일 아닐까? 세상의 온갖 기회와 보상이, 하늘의 재능을 타고난 자에게만 주어지지 않는다는 사실이 정말로 재미있는 지점이다. '나만이 할 수 있는 것'까지는 아니더라도 '나라서 할 수 있는 것'을 추구하다 보면 언젠가 적절한 시간과 적절한 기회가 주어지기 마련이라는 것이 내가 오십 년간 피아노를 하면서 갖게 된 믿음이다.

하얀 양복을 입은
신사

레옹 스필리아르트, 「움직이는 민주주의」, 1908년

1989. 이 네 자리 숫자만 떠올려도 여러 장면이 머리를 스칠 만큼 1989년은 나에게 절대 잊을 수 없는 해였다. 스물네 살이었던 나는 미국 메릴랜드주에서 열린 윌리엄 카펠 국제 콩쿠르에서 우승했다. 중학교 2학년 때 보스턴에 유학 온 뒤로 치른 첫 국제 콩쿠르였고 영광스런 첫 우승이었다. 하지만 지금 내가 꺼내고 싶은 건 그날의 이야기가 아니다.

그로부터 몇 달이 지난 1989년 11월 11일, 뉴욕 링컨센터 앨리스 툴리 홀에서 프로로서 오르는 첫 독주회가 열렸다. 윌리엄 카펠 국제 콩쿠르의 부상副賞으로 얻게 된 특전 무대였고, 나에겐 앞으로 두고두고 '국제 무대 데뷔'의 기준점으로 남을 날이었다. 그날 객석에는 지극히 익숙하면서도 지극히 생소하게 느껴지는 얼굴이 하나 있었다. 발코니 첫 줄에 앉아 새하얀 양복을 입고 까만 나비넥타이를 맨 동양인 신사. 자라면서 수없이 많이 봐왔지만 무대 위에서는 단 한 번도 본 적이 없던 사람. 나의 아버지였다.

유년 시절 피아노 앞에서 모차르트의 〈작은 별 변주곡〉을 연습할 적부터 외국인 청중들로 전석이 매진된 무대에 오르는 이날까지, 아버지는 긴 시간에 걸쳐 내가 피아노 치는 것을 반대해 온 사람이었다. 당연하게도, 그때껏 내가 무대에서 연주하는 모습을 보러 온 적도 없었다. 세상에서 나를 가장 바보라고 생각했던 한 사람, 나의 연주를 끊임없이 의심했던 사람. 네 살 때부터 이십 년이 넘도록 이어져 왔으니, 참으로 꾸준하고 부지런한 반대였다.

나에게 피아노를 가르친 스승들에게 나는 꽤 순종적인 학생이었을 거라고 생각한다. 나도 그들처럼 되고 싶었고, 그래서 그분들의 말을 좀처럼 의심하지 않았다. 하지만 이런 나조차 나를 반대하는 아버지에게는 반대하고 싶었던 것 같다. 당신의 반대에 반발하고 반항하고 반대하고 싶었다.

아마도 본인은 전혀 의도치 않았겠지만, 아버지는 나에게 얄미운 코치 같은 존재였다. 피아노에 관해서는 아무런 코칭도 해주지 않았지만, 그럼에도 지치거나 게을러질 때마다 나를 억지로 움직이게 하는 동력이었다고 할까. 아버지의 의심이 없었다면 나는 아마 피아니스트로서 연주를 계속해 나가지 못했을 것이다. 연주자에게는 진지하게 이 생활을 접어야 하나, 하는 좌절의 순간들이 하루에도 몇 번이고 숙명적으로 뒤따른다. 그렇게 피아노를 멈추었을지도 모르는 순간들마다 내 머리를 맴도는 아버지의 의심은 나를 조금 더 움직이게 했다. 그렇게 우리는 '반대와 반대'라는 이상한 결속력으로 묶인 관계였다.

아버지는 이비인후과 의사였다. 우리 어릴 적의 아버지들이 다들 엄했다고 하나 아버지는 그중에서도 누구보다 엄격하고 보수적이고 고집이 센 사람이었다. 삼남 일녀 중 외동딸이었으니 요즘 아버지들 같아서는 딸한테 애정을 몰아주었겠지만, 이 대구 남자에겐 예외라고는 없었다. 사춘기에 들어선 내가 말을 느리고 어눌하게 한 탓에, 내 말투를 들을 때마다 인상을 찡그렸다. 쓰고 보니 왠지 모르게 분하고 스스로가 안쓰러운 마음에 한 번 더 쓴다. 당신은 어린 딸이 말을 하는데 그 앞에서 인상을 찡그리는 아버지였다.

네 살이 되었을 적, 외할머니의 손에 이끌려 피아노를 치기 시작했을 때부터 아버지는 외할머니에게 여자애는 대충 공부시키고 시집보내야 한다는 말을 거듭했다. 제 장모님을 이길 수는 없었지만 그뒤로도 못마땅한 기분을 거두지도, 딱히 숨기지도 않았다. 여럿 기억나는 일화 중 하나는, 내가 초등학교 5학년 때 계성 콩쿠르에서 2등을 했을 때의 일이었다. 아버지는 1등도 아니고 고작 2등을 했으면서 그 잘난 상을 집까지 들고 왔냐며 쏘아붙였다.

"요만한 대구 땅에서 2등 하는 거 가지고 뭔 피아노를 치노? 네가 이래 하는 거 보려고 내가 남의 귀, 코 후비는 줄 아냐?"(아버지는 종종 이비인후과 일을 '귀나 코를 후비는 일'이라 표현했다.)

당신 스스로도 꽤나 재치 있는 말이라고 생각했었는지, 아버지의 이 말은 늘 나를 따라다니는 단골 멘트였다. 나의 첫 피아노 스승이었던 추승옥 선생님을 따라 대구에서 서울로 건너가 예원학교에 입학한 뒤에도, 제대로 된 수상 실적을 가져오지 못했을 때마다 아버지는 나에게 그렇게 말했다. 나로서는 귀에 딱지가 앉을 정도였지만 아버지는 그 반복되는 말에 질리는 기색이 없었다. 마침내 만족할 만한 수상을 차지하여 자신감 있게(또는 드디어 아버지의 코가 납작해지겠다는 기대로) 상을 내밀었을 때는 또다른 말들을 뱉기도 했다.

"그 돈을 써서 가르쳤는데, 이것도 못 하면 그게 바보 천치지 뭐냐."

"그 콩쿠르에 니 혼자 나간 거 아니가? 혼자 치고서 1등 하면 뭐하노?"

미국 유학을 결심하고 준비하면서도 한동안 아버지에게 비밀로 했던 데에는 우리의 남다른 관계가 한몫했다. 내 유학 계획을 처음 알게 된 사람은 추승옥 선생님이었다. 그 다음에는 엄마, 그러고는 두 오빠와 남동생, 다른 친척들,

또 예원학교의 친구들과 선생님들, 이웃 아저씨와 아주머니…… 아버지보다 먼저 알려준 사람은 여럿 기억나지만 아버지보다 늦게 알려준 사람은 그다지 기억나지 않는다.

조금씩 실력을 쌓아가던 예원학교 2학년 무렵, 십 년 가까이 나를 가르쳐온 추승옥 선생님이 곧 보스턴으로 떠날 예정이라는 이야기를 들려주었다. 그 말을 들으며 나는 차마 따라가고 싶다는 말을 뱉지는 않았지만 추 선생님은 늘 그랬듯이 말하지 않아도 이미 내 마음을 알고 있는 듯했다.

"혜선아, 너도 보스턴으로 가서 좀더 배워보지 않을래?"

나는 속으로 환호를 질렀다. 얼른 부모님에게 이야기하겠다고 선생에게 말하고, 나는 엄마에게 전화를 걸어 만나서 할 얘기가 있으니 빨리 서울로 올라와 달라고 말했다. 꼭 엄마만 와야 한다는 말을 덧붙이는 것도 잊지 않았다.

늘 어눌했던 중학생 딸이 갑자기 다급하고 분명하게 자신을 찾으니 엄마는 온갖 걱정이 들었는지 며칠이 되지 않아 기차를 타고 서울로 올라왔다. 걱정하는 와중에도 바리바리 싸갖고 온 반찬은 보통 무거운 게 아니었다. 아버지는 정말 대구에 남겨두었다. 이리도 다행일 수가. 나는 슬쩍 엄마에게 유학 이야기를 꺼냈다. 그러고는 아버지에겐 비밀이라는 말을 덧붙였다.

"더 배워서 피아노 계속 치고 싶어, 엄마. 더 열심히 하고 싫어. 아버지한테는 일단 이야기하지 말아주면 안 돼? 여기서 벗어나게만 해주면 나 정말 열심히 할게."

대체 무슨 생각으로 사는 건지 걱정이었던 딸이 갑자기 총기가 반짝이는 눈을 하고 진지하게 말하자, 엄마는 정말 혼자서 유학을 갈 수 있겠느냐며 대견함과 걱정스러움이 교차하는 눈빛으로 내 머리를 쓰다듬어주었다. 그렇게 나의 유학은 아버지 몰래 순조롭게 진행되는 듯했다. 평생 비밀로 할 수 없는 일임에도 그때는 마치 그 시기만 넘긴다면 평생이고 비밀을 유지할 수 있을 것 같다는 생각이 들었다.

비행기표까지 발급받고 떠나기까지 일주일을 남겨두었을 때, 그러니까 차마 더이상은 숨길 수가 없는 지경에 이르렀을 때, 드디어 대구행 버스에 몸을 실었다. 어떻게 아버지에게 말을 꺼낼지 며칠을 고심하던 차였다. 그러나 집에 도착해 아버지 얼굴을 보는 순간, 준비해온 모든 말을 잊어버리고 선전포고하듯 내뱉었다. 이제 일주일이 남았는데 설마 상황이 뒤집히는 일은 없겠지, 하는 생각이었다.

"아버지, 나 보스턴 가서 피아노를 더 배우기로 했어요."

그때 그 당황스러움과 배신감에 찬 눈빛이란. 나 혼자가 아니라, 그 자리에 있던 엄마도 그 눈빛을 함께 받아내야 했던 것이 나로서는 그나마 다행이었다. 거실은 적막했고 그 안에 있는 모두가 죄인이 되는 순간이었다. 조금이나마 도움이 될세라, 이미 무를 수 없는 비행기표까지 받아놓았다고 표를 보여주니 아버지는 일어나서 나에게 걸어왔다. 그다음에 펼쳐진 장면은 지금도 눈앞에 아른거릴 정도로 내 기억에 선명하게 남아 있다.

보스턴으로 가는 비행기표가 눈앞에서 갈기갈기 찢어져 날리고 있었다. 아버지는 나를 쳐다보며 말했다.

"서울 보내줬으면 됐지, 여자가 나가서 무슨 피아노를 배운다고 그 난리냐. 교회 반주나 할 정도면 된 거지. 네까짓 게 뭔 놈의 유학이야!"

생각처럼 흘러가지 않은 상황과 아버지의 호된 말에 눈물이 그렁그렁 고였지만, 나는 그 앞에서 눈물을 떨구지 않으려고 애썼다. 눈물이 흘러내리면 그 길로 내가 세상에서 제일 지고 싶지 않은 사람한테 지는 셈이니까. 그리고 그날 이후 나는(고맙게도 엄마와 함께) 식음을 전폐했다. 보스턴으로 떠나는 것 외에는 아무것도 하고 싶지가 않았다. 보스턴에 건너가지 못할 바에야 피아노 자체를 관둬도 상관없다는 생각마저 들었다. 그렇게 사흘을 넘기고 있을 즈음, 엄마가 새로 발급한 비행기표를 들고 방으로 들어왔다.

"아버지가 허락하셨어. 잘 다녀오래."

나의 승리. 그때는 그렇게 생각했다. 하지만 지금에 와서 나에게 패배한 아버지의 사흘간을 떠올리면 조금은 쓸쓸한 마음이 가시지 않는다. 표를 찢어버릴 만큼 절대로 보내지 않겠다는 마음에서, 그저 눈 감고 딱 한 번 딸을 믿어보자는 마음을 먹기까지 아버지가 얼마나 고민에 고민을 거듭했을까. 아버지와는 항상 그런 식이었다. 그렇게 시작된 보스턴 유학 시절에도 아버지는 항상 통화를 끝낼 즈음이면 퉁명스럽게 물었다.

"그래서, 잘하고 있는 거냐? 거서 뭐 하고 있노? 뭐 배우는 건 있고?"

다시 1989년으로 돌아와, 그날 링컨센터 앨리스 툴리 홀의 많은 청중 속에서도 아버지의 시선이 오롯이 느껴졌다. 과연 나는 잘해왔을까? 늘 나를 반대하고 의심해 왔던 저 사람이 납득할 수 있을 만큼 최상의 모습으로 존재하고 있을까?

나는 현장에 와 있던 작곡가인 도널드 마르티노의 곡으로 시작해서, 베토벤, 알렉산드르 스크랴빈, 벨러 버르토크, 리스트, 클로드 드뷔시 등의 곡을 연주했다. 첫 독주회인 만큼 잔뜩 긴장한 탓에 조금은 아쉬움이 남는 연주였지만 그럼에도 만족스러운 관객 반응을 이끌어낸 무대였다. 무대를 다 마치고 나니 부모님과 친구들이 대기실에 찾아왔다. 다들 눈물까지 훔치면서 대견하다, 자랑스럽다 하던 정신 없는 와중에도 나는 가만히 아버지의 입을 의식했다. 이 뽀

족한 사람도 오늘은 나한테 바보 천치니 뭐니 하는 말은 못 하겠지.

그런데 아버지는 그 리셉션 자리에서 나로서는 평생 당신에게서 본 적 없는 퍼포먼스를 선보였다. 모든 이들 앞에서 크게 유창한 영어로 이렇게 말한 것이다.

"오늘은 저에게 가장 자랑스러운 날이며, 이 자리에서 여러분들과 함께할 수 있다는 것은 신의 축복입니다."

그러더니 이 생소한 아버지는 나를 돌아보고서는 다시 한국어로 돌아왔다.

"하버드 다니는 남자 만나 결혼하라고 유학 보내놨더니 무슨 이런 공연까지 한다냐. 내는 이제 네가 피아노랑 결혼한 걸로 생각하마."

아마도 본인이 할 수 있는 가장 따뜻한 말이었을 것이다. 버석버석한 말투였지만, 분명히 아버지의 눈에도 물기가 맴돌았던 것을 나는 기억한다. 아버지는 조용히 한마디를 거들었다.

"야, 이제는 정명훈 씨랑 한 무대에 서도 되겠네."

아버지의 그 말을 들으며 내가 어떤 표정을 하고 있었는지는 잘 모르겠다. 아마도 적당히 무안해하며 조용히 웃지 않았을까. 첫 독주회를 마친 뒤라 워낙 부산스러웠고 얼른 스승들을 비롯한 다른 지인들도 만나 뵈어야 했으니, 휙 지

나가는 순간에 불과했다. 그러나 지금에 이르러서 아버지가 그때 내게 건넨 말들을 회상하면 나는 설움에 복받쳐 작은 미소조차 짓지 못한다.

6년이 지나 1995년, 나는 정말로 정명훈 씨의 지휘로 런던 심포니와 협연하는 기회를 얻었다. 아버지의 예언이 절로 떠올랐지만 이제 아버지는 없었다. 1990년 2월에 아버지는 세상을 떠났다. 링컨센터 독주회가 있은 지 고작 3개월 뒤였고, 결국 나의 데뷔 무대는 아버지가 처음이자 마지막으로 본 딸의 무대였던 셈이다.

1989년 11월 당시에 아버지는 이미 위암 말기 판정을 받은 상태였다. 독실한 신자이기도 했고 "신께서 부르시면 가는 것"이라는 자기만의 굳은 신념을 지닌 사람이라, 치유 가능성이 없지도 않았는데 항암 치료도 수술도 거부했다. 윌리엄 카펠 콩쿠르에 참가한 나에게 혹시나 영향이라도 미칠까 봐, 우승 소식을 들을 때까지 투병 사실을 알리지도 않았다. 그것도 참 우리 아버지다운 일이다. 미국까지 독주회를 보러 오는 것도 쉽지는 않았다고 한다. 투병하는 몸으로 한 번에 열일곱 시간이 넘도록 비행하는 게 힘들어서 중간에 하와이를 경유하기도 했다. 지금 생각해 보면 나더러 피아노와 결혼한 걸로 알겠다던 그 말도, 어쩌면 한참을 준비해 뒀다가 그 자리를 기회 삼아 꺼낸 말이 아니었을까 한다. 마치 유언처럼.

오랜 세월이 지난 지금, 나는 아버지가 처음이자 마지막으로 나를 인정하며 건넨 따뜻한 말보다, 내게 했던 그 거친 쓴소리들을 얄궂게도 더 자주 떠올린다. 그렇게 듣기 싫던 말들을 하나하나 되새기며 나의 연주에 대해 다시 생각해 본다. 그래서, 정말 잘하고 있는 것일까? 내까짓 게 계속 연주를 해도 되는 걸까. 그렇게 한참을 생각하다 보면, 마치 아버지가 어딘가에 와 있는 듯한 기분이 든다. 관객석 어딘가에 하얀 양복을 입고 까만 나비넥타이를 맨 모습으로, 날카롭지만 분명한 눈빛으로 나를 바라보고 있는 것 같은 착각이 든다.

때로는 듣고만 싶은
곡도 있다

레옹 스필리아르트, 「나무 사이로 난 어린 싹들」, 1933년

서울대 교수직을 박차고 미국으로 건너가 직장도 없이 떠돌던 시절이었다. 뉴욕에서 열리는 한 피아노 페스티벌에 참가하게 되었다. 직접 연주도 하고 다른 사람의 연주를 듣기도 하고 참여한 학생들을 가르치기도 하는 자리였는데, 거기엔 나 말고도 한국인 연주자가 하나 있었다. 국제 콩쿠르 입상자였던 만큼 꽤 이름이 알려진 사람이었고, 내가 굉장히 존경해 마지않는 선생님의 제자였다.

　외국에서 실력 있는 한국인의 연주를 듣는 경험은 특별한 기분을 안겨준다. 음악계에서 동양인, 특히 한국인이 업신여김을 받던 것도 이제 옛일이다. 전통적으로 클래식은 동양인이 침투하기엔 거대한 장벽이 존재하는 영역이었다. 젊은 연주자의 등용문 역할을 하는 콩쿠르부터 그랬다. 차이콥스키 콩쿠르는 심사위원의 대다수가 러시아인이었고 그들이 밀어주는 연주자도 러시아인이었다. 조금 더 서쪽으로 이동하여 쇼팽 콩쿠르로 가면 거긴 폴란드인의 잔치였다. 어디 그뿐인가. 미국이나 유럽의 음악계에서 유대인들이 서로를 끌어주는 힘은 당해낼 수가 없었다. 동양인, 그중 한국인은 어디 비빌 데가 없었던 것이다. 한국의 후배 연주자들은 그 높디높은 벽을 무너뜨리며 자신들을 천대하던 세계 속으로 비집고 들어갔고, 과장을 좀 보태자면 이제 클래식계를 장악하다시피 하고 있다. 다민족 사회인 미국에서 오래 살아오면서 인종이고 민족이고 하는 것에 둔감해진 나조차 한국 사람의 훌륭한 연주를 듣노라면 어쩔 수 없이 자랑스러운 기분이 든다. '암만 너희들이 난리를 쳐봐라, 한국인만한 사람 없다' 하는 다소 유치한 마음마저 드는 것이다. 그날도 마찬가지였다. 그가 건반에 손을 올리기 전까지는.

가끔 그런 생각을 하게 만드는 연주자가 있다. '자기 연주가 전혀 객관적으로 들리지 않는가보구나.' 그날의 연주가 딱 그런 수준이었다. 피아노 소리가 무언가를 표현하고 있다는 인상을 조금도 받을 수 없었다. 작곡가에 따라, 또 작곡가의 국적에 따라 곡에 흐르는 특유의 풍風이 있다. 거칠게 표현하자면 드뷔시나 라벨 같은 프랑스 작곡가의 음악은 마치 프랑스어처럼 공기를 담은 듯한 은은하면서도 굉장히 정교한 분위기를 풍기고, 바그너 같은 독일 작곡가는 투박하면서도 웅장하고 가슴을 파고드는 깊은 소리를 내곤 한다. 그런데 이 연주자는 그러한 개성을 모두 무시하고 어떤 곡이든 똑같이 모든 소리를 또박또박 일률적으로 들려줄 뿐이었다.

건반을 얼마나 세게 누를 수 있는지, 시끄러운 소리로 힘자랑을 하려고 나온 것이었을까. 연주하는 속도도 지나치게 빠른데, 심지어 실수를 하지 않는 것도 아니었다. 대놓고 귀를 막는 청중마저 하나둘 보였지만 스스로에게 취한 연주자에게 그 모습이 보일 리가 없었다. 이윽고 행사장의 디렉터가 나에게 슬쩍 다가오더니, 같은 한국 사람으로서 나라도 저 연주자에게 뭔가 이야기해 줘야 하지 않겠느냐고 말했다. 영 내키지 않는 마음으로 다음 날 그와 약속을 잡았다.

나는 연주를 잘 들었다는 인사치레는 가볍게 생략하고 그의 선생의 안부부터 물었다.

"가끔 선생님 만나서 치시나요?"

"아뇨, 그분 안 본 지 꽤 됐어요."

'그분'에 대한 존경심이 그다지 담긴 말투는 아니었다. 나는 본론으로 들어갔다.

"자기 연주가 객관적으로 어떻게 들리는지 다른 분의 피드백을 받으시나요?"

"아뇨, 요즘은 제가 혼자 다 하죠."

혼자서 하다니, 내가 알고 있던 피아노 상식과는 달라도 너무 달랐다.

"혼자 하는 걸 믿을 수 있어요? 녹음해서 들으세요?"

"가끔씩 녹음해서 듣죠."

"괜찮은 것 같아요?"

"네, 뭐가 잘못됐나요?"

뭐가 잘못됐는지 제대로 알려주고 싶은 마음이 굴뚝같았지만 나는 그의 선생이 아니었다. 나는 애써 말을 돌려 재차 물었다.

"저는…… 제가 하는 연주에 의심이 많아서, 의심이 들 때마다 저희 선생님한테 가곤 하거든요. 아니, 그렇게 좋은 선생님을 두셨는데 한 번씩 가서 들려드리지 않으시나요?

"가르쳐주는 거 아무것도 없어요."

"가르쳐주는 게 없다고요?"

그러고는 자신의 선생을 흥보기 시작했고, 나는 더이상 그를 피아노 연주자로 생각할 수가 없었다.

피아노엔 대부분의 다른 악기보다 유독 두드러지는 특징이 하나 있다. 기본적으로 피아노는 반주자와 함께하지 않는 독립적인 악기이기 때문에 조언을 구할 동료나 선생님의 존재가 반드시 필요하다. 옆에서 객관적으로 연주를 들어줄 누군가의 귀가 꼭 있어야 한다는 말이다. 사십 년, 오십 년 오랜 경력을 쌓더라도 마찬가지다. 피아니스트라면, 나이가 얼마나 들었든 상관없이 존경하는 음악가나 자신이 믿는 음악가의 피드백을 받는 시간을 가져야 한다. 이 시대 최고의 피아니스트로 꼽히는 세계적인 연주자 예브게니 키신도 유일한 스승인 고故 안나 파블로브나 칸토르와 여섯 살 때부터 내내 함께했다. 2021년에 스승의 삶이 다할 때까지 말이다. 청출어람이란 개념이 존재하는 않는 곳이 피아니스트의 세계다.

나에겐 러셀 셔먼과 변화경이라는 위대한 스승이 있다. 언젠가 이들을 넘어설 엄두를 내기는커녕, 언젠가 이들의 발톱만큼이라도 따라가고 싶은 것이 나의 바람이다. 최선을 다하여 실수도 없이 연습하는데 정체 모를 벽에 부딪힌 것 같을 때면 나의 아들딸이 대뜸 말한다.

"엄마, 백혜선 소리가 아직 안 나. 변 선생님 만나고 와야 하는 것 아냐?"

짐을 바리바리 싸들고 나의 선생님을 찾아가야 할 때가 온 것이다. 보스턴에 가서 야단인지 가르침인지를 잔뜩 듣고 집에 돌아와서 다시 연주하고 있노라면 또다시 아들딸이 다가온다.

"엄마, 백혜선 소리가 나온다!"

사실 스승이 많을 수는 없다. 기계가 연주하는 것도 아니고 취향은 사람마다 다른 것이다. 한쪽에 고흐를 좋아하는 사람이 있다면 다른 쪽엔 르누아르를 좋아하는 사람이 있다. 당연히 모든 사람의 의견을 듣고 따를 수는 없는 법이다. 그러나 내가 존경하는, 또는 존경하기로 마음먹은 몇 안 되는 스승이 있다면, 그의 의견을 듣는 경험은 나 자신을 점검하고 스스로를 지금보다 더 키울 수 있는 기회가 된다. 자칫 뜬구름 잡는 소리처럼 들리는 말도 학생의 태도에 따라 명확한 원포인트 레슨이 되기도 한다. 어떤 가르침이더라도 수용자에게 적용할 마음이 있다면 어디든지 적용할 수 있다.

물론 말은 이렇게 그럴싸하게 하지만, 배움의 시간은 나한테도 유쾌한 경험과는 거리가 한참 멀다. 지금도 변화경 선생님의 귀한 가르침을 받으러 먼길을 갔다가 정작 "초등학생 5학년보다 못 친다"는 말을 듣고 오는 날이면 베갯잇을 적시며 엉엉 울고 만다. 그럴 때면 나의 아이들이 방으로 찾아와 마치 어린애를 달래듯 슬쩍 물어본다.

"엄마, 또 선생님한테 야단맞고 왔어?"

여러 선생님들에게 받은 가르침을 상기하면서, 그중에서도 특히 셔먼 선생님과의 수업을 추억하면서 내가 떠올리는 것은 '배움의 기쁨'이 결코 아니다. 그것은 굴욕과 눈물, 그리고 개망신의 시간이다. 첫 만남부터 그랬다.

지금도 또렷한 악몽으로 남아 있는 그날의 기억을 떠올

려본다. 나는 열다섯 살이었고 하필이면 사람도 많은 공개 레슨, 즉 마스터클래스였다. 보통 공개 레슨에 참여하는 학생은 20분 정도 되는 곡 하나를 준비해서 가는데, 준비한 곡을 다 치는 경우는 그리 흔하지 않다. 일반적인 선생님이라면 한 곡은커녕 여덟 마디 정도만을 듣다가 끊고 말씀을 시작하곤 한다. 그런데 성인聖人과도 같은 분위기를 풍기던 그 유명한 셔먼 교수는 역시 달랐다. 그는 학생이 준비해 가는 곡을 전부 다 들어주었다.

드디어 내 차례가 되었다. 나는 부디 지금부터의 내 연주가 저 위대한 음악가를 만족시키기만을 빌었다. 내가 연주한 곡은 베토벤 소나타 21번, 1804년 작품으로 발트슈타인 백작에게 헌정되었다는 일명 〈발트슈타인〉의 1악장이었다. 나는 열다섯 살의 내가 끌어모을 수 있는 온 힘을 다해 연주했다. 나의 기교와 표현을 총동원했다고 해도 무방할 정도였다.

절정의 연주를 끝내고 천재의 탄생을 장식하는 듯한 여음餘音마저 공기 중으로 사라졌을 때였다. 선생님은 와하하하 웃음을 터트렸다. 웃을 때마다 특유의 은빛 머리칼이 반짝였다. 도대체 어떤 부분에서 그리도 호탕하게 웃는지 알수 없었다. 나의 얼굴은 점점 붉게 달아올랐다. 그저 고개를 푹 숙이고 웃음이 잦아들기를 기다렸다. 자꾸만 작아지는 몸을 제대로 펼 수조차 없었다. 선생님은 충분히 다 웃었는지 한마디를 던졌다.

"자네는 그 곡이 손가락 운동하는 곡이라고 생각하나?"

나는 아무 말도 할 수 없었다. 선생님은 여전히 입가로 삐져나오는 웃음을 참으며 거기에 또 몇 마디를 덧붙였다.

"아, 혹시 손가락 운동을 하려고 피아노를 치는 건가? 손가락 운동선수가 되고 싶은 거였나? 만일 그런 게 있다면 말이네."

나는 열로 홧홧해지는 뺨을 손으로 가렸다. 길고 긴 30분의 공개 수모가 끝나자마자 그 홀에서 엉엉 울며 도망쳐 나왔다. 그리고 다짐했다. 베토벤의 〈발트슈타인〉은 이제 무슨 일이 있어도 절대 치지 않을 거라고. 그리고 저 선생님, 아니 저 양반 앞에선 죽었다 깨어나도 절대 피아노를 치지 않을 테다.

그날의 굳은 다짐은 하나도 지켜지지 않았다. 나는 셔먼 선생님의 제자가 되었고 근접할 수조차 없는 예술 세계를 지닌 선생님은 나의 영원한 멘토이며 영웅이 되었다. 그리고 연주자로 사는 이상 그 악몽의 〈발트슈타인〉을 영영 피해 다닐 수도 없었다. 후일 무슨 운명의 장난처럼 셔먼 선생님에게 가장 처음 배운 곡이 〈발트슈타인〉이 될 수도 있었지만. 그것만은 절대 못 치겠다고 떼를 써서 그와 또 하나의 산맥을 이루는 〈열정〉을 배우기로 한 것이 내가 할 수 있었던 유일한 반항이었다. 아마 그로부터 이십 년쯤 지난 삼십대 중반 때였나. 선생님 앞에서 수십 번을 혼나가며 연주했던 그 곡을 또다시 연주했을 때였다. 선생님은 잠시 뜸을 들이더니 가볍게 툭 던졌다. "음, 이제 토대는 갖추었으니 여기에다 자네의 상상력을 더하면 되겠네"라는 말을. 그때의 기쁨은 이루 말할 수 없다.

가끔 생활에 지치거나 뭔가 거듭나는 기분을 요할 때면 선생이 연주한 리스트의 단테 소나타Après une Lécture de Dante, 피아노 소나타 B단조, 〈에스테 장의 분수Les Jeux d'eau a la Villa d'Este〉를 듣곤 한다. 그중 〈에스테 장의 분수〉는 리스트가 출판한 세 권으로 된 피아노 곡집『순례의 해』중 노년에 쓴 제3권에 수록된 곡으로, 이탈리아 티볼리에 위치한 별장인 에스테 장莊에 머물면서 분수의 크고 작은 물줄기가 창조하는 화음을 듣고 작곡한 곡이다. 제목처럼 정말 물소리가 들리는 듯한 작품인데, 셔먼 선생님의 연주에서는 신성한 기운마저 느껴진다. 물줄기의 현란함 속으로 빠져들어 있노라면 마치 복받쳐 흐르는 흐느낌 뒤에 깨끗이 씻기고 거듭나는 느낌이 찾아온다고 할까.

사실 리스트는 피아니스트들이 현란한 기교를 선보이기 위해 많이 선택하는 작곡가다. 그러다 보니 일종의 여흥으로 '이용'되곤 하고, 몇몇 음악가들은 그의 음악에 깊이가 없다는 이유로 어느 나이에 이르면 이 음악가 자체를 멀리하곤 한다. 하지만 이는 리스트를 진정으로 이해하지 못한 것이다. 셔먼 선생의 연주로 리스트를 듣고 나면 다시는 그의 음악에 깊이가 없다느니 하는 말을 할 수가 없다.

나는 이 곡을 치지 않는다. 아무리 쳐도 이런 소리가 나지 않아 일찍이 단념한 곡이면서, 도저히 다른 사람의 연주로도 들을 수 없는 곡이다. 언젠간 내가 셔먼 선생님만큼 따라 칠 수 있을까? 아니, 역시 이 곡은 듣기만 하고 싶다.

자유로움의
조건

레옹 스필리아르트, 「젊은 남자와 붉은 스카프」 1908년

누군가 나에게 연주자의 직업윤리를 물을 때면 이렇게 대답하곤 한다. 직업인으로서의 연주자는 변명하지 않는 사람이라고. "오늘 컨디션이 좋지 않아서 그만……", "잠을 제대로 못 자서 어깨가 좀 결리니 이해해 주세요" 하는 말을 하지 않는, 할 수 없는 사람이 연주자다. 어떤 불상사가 닥치든 늘 준비되어 있어야 하며, 못하면 못하는 대로 그 안에서 최선의 것을 가져와야 한다. 아니, 애초에 변명 따위를 할 일이 생기지 않도록 모든 사태를 미연에 방지해야 한다.

　사실 이것은 어느 직업에나 적용되는 윤리일지도 모르겠다. 하지만 그중에서도 연주자에겐 조금 더 가혹하게 적용되는 것 같다. 공연을 하던 연주자가 실수를 한 뒤 "다시 한 번만 더 쳐도 될까요?" 하고 관객에게 허락받는 광경이 상상되는가. 음악 연주란 시간 예술이다. 영원히 남기는 물체인 음반이라면 말이 달라지겠지만, 현장에서 하는 연주는 그 순간에만 잠깐 존재하다가 그 뒤로는 영영 없어지는 것이다. 사람들이 같은 연주를 두 번 듣는 일은 불가능하다. 그 순간의 감흥을 느끼게 하지만, 조용해지고 나면 그 즉시 사라지는 것이기 때문에 매번 최선을 다해 최고의 퍼포먼스를 선보여야 하는 것이 연주자의 숙명이다.

"다시 한 번 치게 해주세요" 하며 이 직업윤리를 위반하는 일이 없도록 하려면 어떻게 해야 할까. 나는 반복 연습 말고는 그 답이 떠오르지 않는다.

일반적인 사람들은 음악을 대할 때 '몸을 쓰는 운동'이라고는 좀처럼 생각하지 않는 것 같다. 하지만 음악은 머리 이전에 몸의 근육을 쓰는 운동이다. 연주를 하려면 반드시 손가락의 운동신경이 발달해 있어야 한다. 빠른 템포로 손가락을 움직인다든지, 건반에 힘을 강하게 주거나 약하게 준다든지 하는 것은 근육으로 하는 운동의 영역이다. 근육 운동을 꾸준히 반복해 주지 않으면서 좋은 음악가가 된다는 것은 불가능하다.

흔히 알려져 있는 유명한 피아니스트 중에 이 근육 트레이닝을 어릴 적에 받지 않은 사람은 하나도 없다고 보면 된다. 연주자는 갑자기 어느 날 엄청난 재주를 갖고 튀어나오지 않는다. 다들 아주 어린 나이부터 하루에 예닐곱 시간씩 연습하며 지구력을 쌓은 다음, 그걸 기반으로 하여 조금씩 세상에 얼굴을 내미는 것이다.

나에게 이 근육운동을 처음 가르친 분은 추승옥 선생님
이다. 당시 서울대 음대 학생이었던 추 선생님은 방학을 맞
아 대구의 고향집에 내려와 있었는데, 주변의 소개를 받고
초등학교 1학년이었던 나에게 돌봄 겸 교습을 해주는 아르
바이트를 하게 되었다. 아침 아홉시에 출근했다가 저녁 아
홉시에 퇴근하는 일정이었으니, 아무리 종일 수업을 하지
않았다고 해도 선생에게는 제법 고된 일자리였고 나한테도
꽤 고된 교육이었던 셈이다.

피아노를 시작한 지 두 해가 지났지만 그래봤자 나는 일
곱 살짜리 어린애였다. 엄마가 무서운 눈으로 지켜보지도
않고 단둘이 집에 있었으니 선생 혼자서는 말도 안 듣는 아
이를 피아노 의자에 얌전히 앉히기도 쉽지 않았으리라. 당
시 내 눈에나 다 큰 어른으로 보였던 것이지, 알고 보면 선
생님도 이십대 초반의 앳된 아가씨였을 테니까. 어떨 때는
선생님이 나를 상대하느라 지친 나머지 화가 잔뜩 나서 엄
마가 돌아오기도 전에 가방을 챙겨 도망치듯 퇴근해 버리곤
했다. 한참 게으름과 말썽을 부리다가도, 나는 돌아가는 선
생님의 뒷모습을 보며 생각했다. '오늘은 엄마한테 회초리
로 두들겨 맞는 날이구나'라고. 그다음부터는 선생님께 지
금 가서는 안 된다며 다리에 매달리기도 했고, 그런 일이

몇 차례 반복되자 요령이 생겨 선생님이 오면 또 갑자기 돌아가 버리지 못하도록 들고 온 가방부터 숨기는 짓마저 저질렀다. 이런 악독한 아이에게 기본적인 피아노 테크닉을 가르치는 것이 가능했다니 놀랍기만 하다.

가르침의 재능을 타고난 것인지 아니면 일곱 살의 무법자를 가르치는 데 이골이 난 것인지는 알 수 없지만, 추 선생님의 가르침은 지금 생각해 봐도 대단히 탁월한 것이었다. 늘 나의 호기심을 자극했고, 배우고 싶은 마음이 들도록 동기를 부여했고, 열심히 하면 분명 그에 따른 성과를 얻을 수 있다는 기대를 안겨주었다. 같은 음악을 연습하더라도 선생님은 그 연습을 놀이로 만들었고, 그 놀이마저 지겨워질 즈음이면 연습 방법을 통째로 바꾸었다.

아무리 재미있을 것처럼 그럴싸하게 포장해도 연습은 결국 반복의 반복으로 이루어져 있다. 특히 어린 시절에 하는 근육 트레이닝일수록 더더욱 그렇다. 이 지겨운 반복에 어떻게 어린 학생을 몰입시킬 것인지가 선생의 역량을 가르는데, 선생님은 이 점에서 대단히 뛰어났던 것이다. 단순한 근육운동을 하면서도 머리를 함께 자극시켜 주었기에, 어린 나는 그것을 지겨운 반복 연습이라 여기지 않았다.

이윽고 일 년쯤 지나 내가 피아노 앞에 몇 시간이고 앉아 있는 것에 익숙해졌을 초등학교 2학년 때였다. 나는 선생님의 제안으로 도내에서 열리는 콩쿠르에 나가기로 하여 출전을 반년쯤 앞두고 있었다. 나에게 주어진 곡은 모차르트의 〈작은 별 변주곡〉. 보통 "반짝반짝 작은 별"로 시작되는 동요로 알려져 있지만 이것은 변주곡에 가사를 붙여서 만든 것이고, 가사가 붙은 것도 모차르트 사후의 일이다. 원래 제목도 실은 〈작은 별 변주곡〉이 아니라 〈아, 어머니께 말씀드리죠, 주제에 의한 열두 개의 변주곡〉이다. 모차르트가 연주 여행을 하던 중에 파리에서 〈아, 어머니께 말씀드리죠〉라는 프랑스 민요를 듣고 여기에 열두 개의 변주를 붙여 만든 곡이다.

나로서는 이미 더할 나위 없이 익숙한 곡이었다. '리듬 연습'이라 하여 때로는 빠르게도 치고, 박자를 달리하면서도 치고, 음을 짧게 끊어서 또는 붙여서 치는 등, 선생과 함께 상상할 수 있는 모든 방법으로 놀이처럼 연습한 덕분이었다. 한 변주에 두 줄밖에 안 되는 것을 가지고 삼십 분씩은 넘게 쳐왔으니, 열두 번의 변주라 하면 정말 하루에 일고여덟 시간씩 쳐온 셈이다.

"콩쿠르에 나가려면 틀리지 않고 백 번은 쳐봐야 해."

추 선생님의 말이었다. 가만 있자, 열두 개의 변주를 다 치는 데 십 분이 걸리는 곡이니까, 백 번을 치게 되면 천 분 정도 되는 건가? 생각보다는 많지 않은데? 천만의 말씀이었다. 선생은 분명히 '틀리지 않고' 쳐야 한다고 말했다. 그 말은 곧, 한 음도 잘못 누르거나 박자를 놓치는 일 없이 완벽히 성공한 연주만을 헤아려서 백 번이라는 뜻이었다.

지금 생각하면 초등학교 2학년생한테는 상당히 혹독한 과제였는지도 모르겠다. 하지만 어리숙했던 나는 음악하는 애들은 원래 다 이러고 살려니, 하면서 그 과제를 충실히 이행했다. 선생님이 있든 없든 스스로 연습하면서 거짓으로 횟수를 올리는 일도 저지르지 않았다. 그렇게 백 번을 채우는 데 넉 달이 걸렸다. 그러자 정말 거짓말처럼 다음 콩쿠르에서 어렵지 않게 도지사상을 수상했다. 그날 받은 작은 트로피보다 소중했던 것은 '나는 이제 이 곡은 어떤 상황에 처하든 칠 수 있겠구나' 하는 깨달음이었다.

틀리지 않고 백 번을 치는 연습은 그 뒤로도 나의 철칙으로 자리잡았다. 백 번을 치고 나면 정말 옆에서 어떤 방해가 들어와도 틀리지 않았다. 신기한 일은, 연습한 곡에서만 효과를 본 것이 아니었다는 점이다. 틀리지 않고 백 번을 치는 곡이 쌓여갈수록 새로운 곡에서도 실수하는 일이 드물게 되었다. 예원학교에 들어간 뒤에도 "백혜선, 쟤는 실수가 없어" 하는 말을 주변으로부터 곧잘 들었다.

하지만 스무 살이 지날 즈음, 백 번 연습도 완벽하지는 않음을 알려주는 도전의 순간들이 찾아왔다. 연주가 되었건 노래가 되었건 아니면 어떤 발표가 되었건 무대에 오르거나 청중 앞에 서는 사람이라면 그런 순간들을 마주한 적이 몇 번쯤 있을 것이다. 내 머리가 나에게 장난을 치는 순간을. 어릴 적 투명하고 맑은 머릿속에선 들린 적이 없던 악마의 목소리가 들려오기 시작한다.

"그다음은 뭐야?"

분명히 외운 악보가 생각이 나지 않는 상황도 연주를 망치는 길이지만, 생각이 나지 않을까 봐 두려워하는 것 자체도 그에 못지않게 연주를 파탄으로 몰고 가는 치명적인 길이다.

"아직은 안 틀리고 있네."

"너 그래도 틀릴 수 있어."

집에서 혼자 연습할 때는 절대 찾아오지 않는 의심의 목소리였다. 하지만 무대에서는 종종, 그리고 불규칙적으로 찾아와서 나를 공포에 빠뜨렸고, 때로는 실제로 연주를 망쳐놓기도 했다. 실수가 있을 때를 방지해 눈앞에 보이는 악보 페이지 안에서 돌아갈 수 있는 지점을 세 군데 정도 만들어두는 노하우를 몸에 익힘으로써 두려움을 조금 덜 수는 있었다. 하지만 이 도전에 응전하는 본질적인 방법은 아니었다. 그 조치는 말 그대로 두려움을 더는 것일 뿐 두려움을 원천적으로 차단할 수는 없었다. 그래서 내가 찾은 답은, 백 번이 아닌 백오십 번을 치는 것이었다.

다만 더해진 오십 번의 연주는 조금 달라야 했다. 처음 백 번은 전과 똑같이 내 손으로 연주하되, 나머지 오십 번은 머릿속으로 연주를 정확히 상상하여 그것을 귀로 듣는 것이다. 만약 상상 속의 연주가 어느 지점에서 막힌다면 여지없이 처음으로 돌아간다. 귀로 듣고 머리로 생각하여 몸 전체가 음악으로 하나 되는 연습이었다.

대학교 3학년 때 리스트의 〈베르디 리골레토 패러프레이즈〉라는 곡을 만나게 되었다. 베르디의 오페라 〈리골레토〉 중 제3막에 나오는 사중창인 〈사랑스럽고 아름다운 아가씨여〉를 편곡한 피아노곡이다. 육 분 정도밖에 되지 않는 분량에 특별히 현란한 테크닉이 필요한 곡은 아니었다. 그런데 이 까다롭지도 않은 곡을 연주하는 동안 자꾸 실수가 생기고 틀려서 화가 치솟는 것이다. 열이 날 정도로 화가 나다가 이내 그것도 지쳐서 머리를 감싸쥔 채 결심했다. 무대에 오르기까지는 한 달 하고도 반이 남았으니, 그동안 백오십 번을 쳐보자고. 물론 틀리면 카운트하지 않는 것으로.

완성 횟수가 오십 번 늘어나고, 또 그 오십 번은 머리로 연습한다는 것 외에도 새롭게 도입된 연습 방법이 있었다. 변화경, 러셀 셔먼 선생님을 거치면서 귀에 못이 박히게 듣던 말이 있었다.

"음악은 똑같이 두 번을 치면 안 된다."

같은 곡을 반복해서 치더라도 매번 전혀 다른 곡을 치는 것처럼 스스로에게 최면을 걸어 음악의 신선도가 떨어지지 않게 하는 것이다. 즉흥적으로 그 자리에서 새로운 것을 만들어내는 것. 다시 말해 백오십 번을 매번 새롭게 쳐야 했다. 이 정도가 되니 반복을 통한 근육 훈련을 넘어 정신적인 연마의 단계로 나아가는 연습이 되었다.

내가 콩쿠르에서 입상을 거듭했던 것은 아마도 그때가 시작이었던 것 같다. 그 뒤로는 한동안 무슨 짓을 해도, 또 옆에서 무슨 일이 일어나도 무대에서 잘못된 음이 손에 집히지 않았고 무엇을 치든 소리가 음악으로 돌아왔다. 무대에 올랐다 하면 내 세상을 만난 기분이었고, 건반에 손을 올리면 치고 싶은 연주가 그 자리에서 흘러나왔다. 그것은 그저 틀리지 않는 완벽한 연주에서 그치는 것이 아니었다. 음표를 뛰어넘는다는 게 이런 것인가 싶었다.

무궁무진한 반복은 완전무결한 결과를 넘어 자유화된 표현으로까지 나아간다. 연습과 연마의 끝에는 표현을 내 뜻대로 가지고 놀 수 있는 자유가 찾아온다. 이 음악을 어떻게 치고 싶다고 생각하는 것이 아니라, 그냥 내가 음악 자체가 된 것 같은 순간이 온다. 연주자는 무대에서 이 자유를 거부해서는 안 된다. 아니, 오히려 자유로워져야 한다.

연습할 때는 스스로를 꽉 조여서 자신이 제대로 하고 있는지를 점검하고, 어떤 조그만 위험에도 대처할 수 있도록 한순간도 놓치지 않고 머릿속이 새까맣게 될 정도로 연마하되, 무대에 올라가는 순간 새하얗게 잊어버려야 한다. 걱정할 필요 없다. 실제로는 잊지 않았으니까. 타성에 젖은 음악은 완벽할 수는 있어도 관객에게 감흥을 전하지 못한다. 완벽을 넘어선 즉흥성을 담아야 감동을 주는 음악이 된다.

여기서 절대 잊어서는 안 되는 것은, 무대 위에서 느끼는 예술가의 자유로움이 결국 적확한 반복 연습에서 비롯한다는 사실이다. 즉흥성이 정확성에 빚을 지고 있다니, 아이러니한 일 아닌가. 피아노와 함께 산 지 어언 오십 년. 내 연습실에서는 오늘도 이 지겨운 반복 연습이 이어진다. 손가락을 제자리에 놓기 위해서, 그리고 거기에서 어떤 것들이 자유롭게 튀어나오게 할 것인가를 고민하기 위해서.

좌절의
스페셜리스트

레옹 스필리아르트, 「현기증」, 1908년

"그렇게 많이 치면 손에 굳은살이 박이지 않아요?"

그 말에 나는 무심코 내 엄지손가락으로 손끝을 문질러 본다. 짧게 자른 손톱 아래로 말랑말랑하고 만질만질한 살이 느껴진다. 피아노를 본격적으로 쳐온 뒤로 거의 항상 느껴온 촉감이다. 그럼 그렇지. 당연하고 다행인 일이다. 연주를 많이 하면 굳은살이 박인다는 것은 사람들이 많이들 가진 오해다. 굳은살이란 오히려 피아노를 한동안 치지 않았다가 오랜만에 쳤을 때야 박이는 것이다. 고로 굳은살이 박였다는 것은 곧 그 연주자가 훈련을 게을리했다는 뜻이 된다.

대부분의 악기 연주가 다 그렇듯이 피아노도 어느 정도는 근육운동이라 할 수 있다. 근육이란 쓰면 쓸수록 단련되고 편안해지는 법이다. 만약 연주를 하다가 어딘가 신체적인 문제가 생겼다면 그것은 몸을 잘못 쓰거나 느슨하게 써온 탓이다. 연주자의 통제력을 벗어나는, 피치 못한 불행이 닥치는 경우를 제외하면 말이다. 때로는 정신적인 압박이 몸의 이상으로 넘어오기도 한다. 신경성 질환으로 인해 오른손에 힘을 하나도 싣지 못하는 연주자도 보았다. 지켜봐 온 경험상, 자기 자신에 대한 기대 또는 남이 거는 기대가 너무 커서 거기에 영향을 받은 사람들이 그렇게 되는 일이 많았다. 어릴 적부터 유명한 신동이어서 관심과 기대를 한몸에 받고 자라며 정신적 압박이 더욱 커지고, 결국 그 압박을 정신이 이겨내지 못해 몸에 이상이 온다. 그것도 하필이면 오른팔로 온다. 몸에서 가장 많이 쓰는 중요한 부위로.

다시 굳은살 이야기로 돌아와서, 내 손은 거의 늘 부드러웠던 걸로 기억한다. 힘든 연습을 반복하다 보면 손 자체가 투박스럽게 변하는 연주자도 있으나, 다행히 내 손은 그런 변모를 겪지는 않았다. 나의 몸 전체를 통틀어 그나마 유일하게 고운 구석이 손 아닐까 생각한다. 굳은살도 없이 손끝까지 말랑말랑한 상태를 거의 항상 유지해 왔던 것 같다. 매일매일 빼놓지 않고 몇 시간을 연습해야 하는 연주자의 숙명을 감당해 온 덕분이다. 피아노라는 악기가 참 얄밉고 얄궂은 것이, 하루라도 연습을 하지 않으면 도로아미타불이 된다. 악보 하나를 완전히 내 언어로 표현하기 위해서는 한 달에서 한 달 반 정도의 시간이 필요한데, 연습을 고작 하루 빼먹었다고 아예 처음으로 되돌아가는 것이다. 그러다 보니 쉬는 날도 없이 연습에 매진해야 해서 결과적으로는 굳은살이 박일 틈도 거의 없었다. 계속 '거의'라는 말을 덧대는 것은, 내 손에 굳은살이 올라왔던 어떤 시기가 선명히 떠올라 자꾸만 양심을 건드리기 때문이다.

내 입으로 말하기는 뭐하지만 이십대 중반에 이른 나에겐, 스스로를 '꽤 괜찮은 연주자'라고 느끼게 할 만한 명백한 증거들이 한창 쏟아지고 있었다. 1989년에는 윌리엄 카펠 콩쿠르에 나가 1위에 오르면서 국제 무대에 화려하게 데뷔했고, 1990년에는 여섯 명의 결선 진출자에 드는 것만도 대단한 영예인 리즈 콩쿠르에서 5위를 했다. 또 1991년에는 벨기에에서 열리는 퀸 엘리자베스에서 연속 스무 시간이라는 말도 안 되는 양의 연습을 강행한 끝에 4위를 차지하기까지 했다.

'백혜선은 콩쿠르에 나가기만 하면 무조건 된다'는, 부러움과 질투 섞인 말이 국내의 젊은 음악인들에게 떠돌았다. 거짓말하진 않으련다. 당시 나의 생각도 크게 다르지 않았으니까.

그런 분위기를 타고 1993년 6월에 미국에서 가장 큰 콩쿠르인 반 클라이번 국제 콩쿠르에 나갔다. 평소보다 적은 수라고 할 수 있는 사십에서 오십 명의 연주자만을 추려 참가시켰는데, 그중에서도 강력한 후보인 예닐곱 명에게는 특별히 취재를 위한 카메라와 작가가 하나씩 따라다녔다. 콩쿠르 측에서 '이 사람은 분명히 입상할 것'이라고 예상한 참가자들이 대상이었고, 거기엔 물론 나도 포함됐다. 본선 1차가 끝나고 콩쿠르 측의 유명한 리코딩 감독이 한 신문과 인터뷰를 하며 우승 후보 한 명을 골라달라는 질문에 대답했다.

"만약 혜선 백이 떨어지면 난 이번 콩쿠르가 이상하다고 생각할 거예요."

그런데 그 이상한 일이 정말로 벌어지고 말았다. 본선 1차 실격. 내 평생 1차에서 떨어진 콩쿠르는 처음이었다. 콩쿠르 일정이 아직 한참 남았는데 지금 짐을 싸서 집으로 돌아가라고? 텍사스주 포트워스까지 이 먼길을 왔건만 벌써 보스턴으로 돌아갈 비행기표를 끊어야 한다고? 눈앞이 핑 도는 것이 머리를 한 대 제대로 맞은 것 같았다. 마치 이 낙방이 더는 피아노를 치지 말라는 신호처럼 느껴질 정도였다.

멍한 상태로 비행기를 타고 집에 돌아왔고 며칠을 멍하게 보냈다. 피아노를 치고 싶기는커녕 쳐다보고 싶지도 않았다. 할 수 있는 게 저것밖에 없는데 저것도 이 정도밖에 못한다면 나는 대체 뭘 해야 할까? 생각해 보면 이 자리까지 나를 이끌어온 것은 순전히 운이었다. 이제까지 너무나 좋은 운으로 살아왔다. 부모도 잘 만났고, 선생도 잘 만났고, 고작 이런 실력으로 국제 콩쿠르에서도 몇 차례 입상했다. 그러니 이제는 쓸 수 있는 운이 바닥난 거다. 그리고 운으로 이제껏 감춰왔던 실력이 그 못난 민낯을 드러내 버린 것이다.

만으로 스물여덟의 나이. 학교도 졸업한 뒤였고 박사과정을 밟을 생각도 없었다. 그렇다는 것은 곧 소속이 없다는 말이었다.

"언니, 이제 슬슬 자리 찾아가야 하는 거 아냐?"

그즈음 방황하던 나한테 한 후배가 물었다. 나는 가만히 생각하다가 대답했다.

"누가 나한테 자리를 줄까?"

콩쿠르 입상 몇 번 했다고 자만심에 취해 있었는데 깨고 나서 보니 나의 처지가 뒤늦게 눈에 들어왔다. 나에겐 미국에서 머무르거나 한국으로 돌아가거나 하는 선택을 할 여유도 없었다. 한국이라고 해서 나를 찾아주는 곳이 딱히 있는 것도 아니었으니까. 이제 직시할 순간이 온 것이다. 나의 음악 인생이 별 볼 일 없어지고 있구나, 하는 사실을.

자, 이 기로에 서서 내가 한 선택은 무엇이었을까? 1번, 무너진 정신을 회복하고 사랑하는 피아노와 음악의 세계로 돌아간다. 2번, 그나마 연주자로서 내 이름이 알려진 한국으로 돌아가 어떻게든 내가 있을 학교를 구한다. 3번, 역시 한국으로 돌아가서 입시생들에게 레슨을 해주며 짭짤한 수익을 거둔다. 4번, 미국에 남아 피아노와 전혀 상관없는 직장에 지원하여 취업한다.

가장 의외의 답일지도 모르겠지만 정답은 4번이다. 정확히는, 미국 장거리 전화회사 MCI에 영업직으로 들어갔다. AT&T라든가 스프린트Sprint라든가 다른 회사의 전화선을 이용하고 있는 잠재 고객에게 우리 회사의 전화선을 이용하도록 상담 영업을 하는 일이었다.

사람들이 잘 모르는 내 의외의 면모 하나를 고백하자면, 나는 일을 꽤 잘하는 사람이다. 일찍이 국제 콩쿠르를 나가기 전에 학생이었을 때는 한인 식당에서 웨이트리스로 일한 적도 있었다. 미국에 찾아온 아버지 앞에서 내가 택시를 탔을 때 "내가 코 찌르고 귀 후벼가면서 번 돈을(아버지는 그때도 이비인후과 의사로서의 일을 이렇게 표현했다) 너더러 택시 타라고 보내줬는 줄 아냐?"고 야단을 치기에, 그럼 생활비를 보내지 말라고 공언한 것이 구직의 계기였지만, 어쨌든 일은 굉장히 잘했다. 손님들이 골라 찾는 인기 좋은 종업원이었고, 종종 "백 양은 서비스업이 천직이다" 하는 말을 듣기까지 했다. 나중에 내가 국제 콩쿠르를 나간다며 일을 그

76

만둔다 했을 때는 지배인이 매니저를 시켜주겠다며 뜯어말렸을 정도였다.

전화 회사에서도 나의 활약은 다르지 않았다. 두 달 만에 매니저 승진 제안을 받았다. 솔직히 말하면, 이대로도 꽤 괜찮지 않을까 싶었다. 여전히 피아노는 치고 싶지 않았다. 변화경 선생님한테 전화가 온 것은 딱 그맘때였다.

"너 요즘 뭐 하고 다니니?"

화가 나면 무서운 분인 걸 알기에, 미국 2대 장거리 전화 회사에서 영업사원으로서 썩 괜찮은 실적을 올리며 곧 매니저가 될 거라는 말씀을 자세히 드리지는 않았다. 대답을 대충 얼버무리자 다시 질문이 날아왔다.

"콩쿠르 준비는 하고 있고?"

매니저 승진 소식까지 전하지는 않더라도 솔직한 마음을 전할 차례 같았다.

"선생님, 저는 피아노는 포기했어요. 음악으로 돈 벌고 사는 건 제가 할 일은 아닌 것 같아요."

"마지막으로 차이콥스키는 나가봐야 되지 않겠니."

음악을 접겠다고 하니까 잠시 있다 차이콥스키 국제 콩쿠르를 나가라는 말이 되돌아왔다. 쿡 하고 웃음부터 나왔다. 어쩜, 십 년도 더 전에 유학생활 초창기 때 선생님한테 듣던 말이었는데. 그때도 이런 패턴이었다. 차이콥스키 협

77

주곡을 연습하면서 악보도 잘 보지 못하고 오랫동안 연습에 진척이 보이지 않았을 때, 도저히 못 하겠다고 했더니 변 선생님이 말했었다.

"미국에까지 와서 공부하는데, 차이콥스키 콩쿠르 정도는 입상해야 되지 않겠니?"

그 말을 이런 맥락에서 지금 또 들을 줄이야. 하지만 이번엔 두서없는 공격에 쉽게 물러서지 않았다.

"선생님, 저는 그 콩쿠르 안 나가요. 거기 가서 러시아 사람들이 동양 사람 업신여기고 비웃는 거 꼴 보기도 싫고요. 저 이제 피아노 안 쳐요."

"얘, 네가 마지막으로 할 수 있는 게 차이콥스키야."

대부분의 콩쿠르는 출전자의 나이를 서른 살로 제한하고 있고 내 나이는 이제 서른을 향하고 있었다.

"여기까지 왔는데 차이콥스키라도 나가야지."

안 나간다고 버텼지만 변 선생님도 포기할 기색이 없어서, 상황을 모면하고자 내가 말했다.

"한번 생각해 볼게요."

"너 이거 안 나가면 평생 후회한다. 지금 생각하지 말고 일단 지원서 내고 생각해."

실랑이 끝에 겨우겨우 전화를 끊었다. 피아노가 꼴도 보기 싫은 내 마음은 여전히 완고한 상태였다. 문제라면 내가 스승의 말을 너무나 잘 듣는, 아니 그보다는 스승의 꾐에 너무 잘 넘어가는 제자라는 점이었다.

마감일이 코앞에 다가오도록 지원은 하지 않고 있었지만 그날부터 자꾸만 차이콥스키의 피아노 협주곡 1번이 귓가에 은은하게 들리는 듯했다. 1980년이었던 열다섯 살에 뉴잉글랜드 음악원 예비학교 협주곡 콩쿠르에서 우승하여 그에 대한 부상으로 협연자로서 오케스트라와 함께 초청받은 적이 있었다. 루마니아와 당시 소련이었던 러시아에 연주여행을 갔는데, 그때 운 좋게 시기가 겹쳐 구경했던 차이콥스키 콩쿠르 예선 장면도 아른거렸다. '천재 정명훈이 2위를 했다는 대회가 여기구나. 저 무대는 누가 올라가는 거지? 언젠가 저 자리에 오를 수 있을까.' 그런 마음을 품으며 감격에 차서 지켜본 꿈의 무대였다.

어느 순간 머릿속에 음악이 맴도는 상태를 넘어서 곡을 따라 공중에서 움직이고 있는 내 손가락을 보며, 더이상 내 마음을 모른 척하지 않기로 했다. 콩쿠르 신청을 받는 마지막날이었고, 나는 울면서 신청서를 넣었다. 전화 회사에도 그만둔다고 전했다. 타고난 웨이트리스 백 양에 이어, 실적왕 영업사원 미스 백의 길과도 안녕이었다. 잘 있거라, 나의 또다른 천직이여. 그렇게 돌아와서 오랜만에 피아노 앞에 앉았다. 그러고는 피아노 그리고 나 자신과 약속했다.

마지막으로 힘닿는 데까지 준비해 보고, 이번에도 떨어지면 그때는 피아노를 접자고. 그때는 정말로 하지 말라는 걸로 받아들이자고. 다만, 정말 이것이 끝이라면 한 번만 더 그 끝을 내 눈으로 확인해 보자고.

그뒤 하루 열 시간 이상의 연습을 며칠간 반복하다 보니 손끝이 아파왔다. 엄지손가락으로 손끝을 문질러 봤더니 짧게 자른 손톱 아래로 굳은살이 느껴졌다. 연습을 도중에 멈추어야 할 정도로 너무 아팠는데 이상하게 코웃음이 나왔다. 내 손에도 굳은살이 박이는 것이 신선하고 새로웠었나 보다. 요 몇 년 동안 나 스스로를 얼마나 과대평가해 왔던 걸까? 어떻게 나한테 이 정도로 취해 있을 수 있었지? 내가 언제부터 성공만 거듭해 왔다고, 단 한 번 떨어진 걸 가지고 그 난리를 쳤을까?

오랜만에 만난 피아노는 역시 얄밉고 얄궂은 친구였다. 몇 달을 치지 않았더니 아예 몇 년 전의 실력으로 돌아간 듯했다. 준비는 하나도 안 됐는데 부족한 시간 동안 본선 출전을 위해 녹음도 해야 하고 잔뜩 밀린 연습도 해야 하니, 이 얼마나 좌절을 부르는 상황인가. 하지만 걱정은 되지 않았다. 모든 피아니스트는 좌절에 이골이 난 사람들이다. 그리고 백혜선이 누구인가. 나는 좌절의 스페셜리스트다.

다시,
연습이다

이 이상
할 수 없을 때까지

레옹 스필리아르트, 「공원」, 1915년

처음 피아노 의자에 앉았던 때를 어렴풋이 기억한다. 키가 나보다 크고 몸집은 몇 배나 되는 피아노 앞에 앉아 건반을 댕, 하고 눌렀던 순간이 아직도 기억 한 켠에 남아 있다. 어쩌면 만들어진 기억일지도 모른다고 생각하지만 그렇게라도 기억이 보존되어 있다는 것이 나로서는 다행한 일이다.

나에게 처음 피아노의 아름다움을 알려준 사람은 외할머니였다. 네 살배기인 나를 피아노 학원에 데려간 외할머니는 "그래도 숫자는 알고 나서 시켜야 한다"는 학원의 거절을 마주했으나, 레슨비는 똑같이 낼 테니 그냥 옆에 앉혀두고 피아노 음만이라도 듣게 해달라고 신신당부하며 나를 맡기고 왔다. 혹시나 뭘 가르치기엔 너무 어리다고 정말 아무것도 안 가르칠까 봐 불안했는지, 일주일에 한 번씩 김치를 담그거나 이것저것 음식을 해서 선생님한테 바치기까지 했다.

김치 대신 내 앞에 놓이는 건 코코아였다. 유치원에 다닐 즈음, 외할머니는 새벽 여섯 시가 되면 나를 깨워 피아노 앞에 앉히는 대신 김이 모락모락 나는 코코아를 타주었다. 그래서인지 유년 시절 피아노를 치던 희미한 기억을 떠올리면 왠지 달달한 코코아향이 맴도는 것 같다. 김치가 아닌 것이 천만다행이다.

외할머니는 내가 피아니스트가 되기를 누구보다 바랐으나 아직 피아니스트는커녕 피아노 꿈나무 수준에도 미치지 못했던 초등학교 때 돌아가셨다. 그래도 (내가 피아니스트가 되기를 누구보다 바라지 않았던) 아버지에게는 단 한 번이라도 무대에서 연주를 들려줄 기회가 있었지만, 정작 외할머니에게는 전혀 그럴 기회가 허락되지 않았다는 것은 참 아쉽다. 당신의 고맙고도 탁월한 선택 덕분에 피아노를 시작한 손녀가 여기까지 왔다면서, 정말 좋은 연주를 들려줄 수 있었을 텐데.

아, 물론 이건 한참 나이가 든 지금에야 하는 아름답고 기특한 생각이고, 솔직히 말해 나에게 피아노의 길을 제시해 준 외할머니를 원망한 일이 전혀 없었던 것은 아니다. 연습을 몇 번이고 반복해도 도저히 진전이 없어서 주먹으로 머리를 찧고 발을 동동 구르고 할 때마다 '나는 왜 이렇게 못할까?' 하고 자책하다가도, 자책에 자책을 거듭하다 보면 그것이 온갖 사람을 향한 원망으로 향할 때도 있었다. 한참 전에 돌아가신 외할머니도 주요한 표적이었다.

'재능도 없는 나한테 피아노는 왜 시켜가지고!'

음악인이 있는 집안도 아니었으니 외할머니조차 몰랐을 거다. 음악을 한다는 게 이렇게 힘든 일일 줄은. 아무리 많이 연습을 해도 늘 연습을 못 했다고 스스로를 책망하며 살아가야 하는 직업일 줄은.

실력이 쑥쑥 커가던 십대 때만 해도, 나는 이 피아노를 오십 년 정도 하면 이미 달인이 돼서 무슨 곡이든 자유자재로 치게 될 줄 알았다. 오십 년을 한 다음에도, 체력이 예전 같지 않은 와중에 하루도 빠뜨리지 않고 매일 연습을 해야 한다고는 생각지 못했다. 빛나는 조명 아래 무대에 선 나 자신만을 상상했지, 무대에서 몇 시간의 연주를 들려주기 위해 그 곡을 몇 달 동안 연마해야 할 줄이야.

가끔은 이렇게 고된 직업이 세상에 또 있나 싶을 때도 있다. 하물며 아이를 키우는 연주자로서의 생활은 정말이지 수행에 가까웠다. 서울대를 떠나 미국에 건너와 뉴욕 아파트에서 살 때는 아이들을 재우고 나서 밤새워 연습하고 또 아침이면 아이들을 학교에 보낸 다음 잠깐 자는 생활을 반복했다. 어느 날인가는 연습을 하다 피곤한 몸으로 거실에 나와 물 한 잔을 마시는데, 그 모습을 보며 당시 초등학생이었던 아들이 물었다.

"연습을 그렇게 해도 아직도 못하는 거야?"

나는 물을 다 마시고 다시 연습하러 들어가며 대답했다.

"응, 아직도 잘 안 되네."

그나마 나는 모르고 시작했는데, 이런 사정을 빤히 다 알고도 음악을 손에서 놓지 않고 있는 내 아들이 존경스럽다 (짠하기도 하고).

연습이 부족하다는 마음은 연주자로 살던 내내 따라다녔지만 그중에서도 가장 부족함에 쫓기고 시달리던 시절은 이십대 때였다. 아마 여느 피아니스트들이 다들 그럴 것이다. 국제 콩쿠르에 나가기 시작하면서 최상의 수준으로 익혀야 할 곡이 늘어나기 때문이다.

잠깐 피아노 연습이 어떻게 흘러가는지 이야기해 두는 게 좋겠다. 피아노 연습은 오늘은 몇 시간 동안 해야지, 하는 것처럼 시간 단위로 계획하지 않는다. 오늘은 이것을 끝내야지, 하는 식으로 그날의 과업이 있는 식이다. 대부분의 피아노곡은 이십 분에서 삼십 분 분량이고 그보다 긴 곡도 많기 때문에 시작 단계에서 한 곡을 통째로 연습하는 것은 불가능하다. 악보를 보고 어느 정도 분량까지 나아가겠다고 마음먹고 그 계획을 지키려 애쓰는데, 아무리 연습해도 하고 싶은 데까지 못 나아가는 때도 많다. 그런 날은 연습 시

90

간이 하염없이 길어지는 것이다.

혹여나 악보만 따라 치면 되는 거 아니냐는 생각이 든다면 연극배우의 대본 연습을 떠올리면 된다. 배우가 대본을 자기 것으로 만들기 위해서는 대사들을 하나씩 쪼개 여러 형태로 읽어봐야 한다. 무슨 단어를 강조할지, 심지어 어떤 음절을 강조할지까지 고민하는 배우처럼, 연주자도 음악의 마디를 나누어 무엇을 어떻게 연주할지를 다양하게 고민한다. 거기에 이 마디마디가 모여 어떻게 스토리를 이뤄낼 수 있을지를 상상해야 한다. 그러다보니 어떤 날은 계획한 대로 열 쪽 정도가 쉽게 나아가지만, 때로는 다섯 쪽도 나아가지 못하는 날도 있다.

그렇게 하나의 곡이 나에게 익숙해지는 데는 한 달 정도의 시간이 걸리는데, 그것도 별다른 일상생활을 하지 않고 오롯이 피아노에만 집중하면 되는 사람들 이야기다. 나처럼 아이라도 키우게 되어 이런저런 생활을 해야 한다면 한 달이 부쩍 넘어가곤 한다.

자, 이제 한 곡을 다 외웠으니 무대에 올라 관객들 앞에서 멋지게 선보이면 되는 걸까? 안타깝지만 이제 막 다 외운 곡의 첫번째 연주가 매끄럽게 잘되는 일은 절대 없다. 클래스를 열어 사람들 앞에서 발표하여 피드백을 받고, 자신의 선생님에게도 들려주면서 연주의 수준을 또 한참이고 끌어 올려야 한다.

하나의 곡을 연습하는 데 이렇게 지난한 시간이 걸리는 데, 한 기간에 한 곡만을 연습할 수 있는 것은 중학교 때까지의 이야기다. 특히 본격적으로 국제 콩쿠르에 참가하는 이십대가 되면 이미 배워서 연주 단계에 들어선 곡과 생소하거나 새로운 곡의 연습을 함께 돌려야 한다. 새 곡을 배우는 동시에 자신이 가지고 있는 곡을 계속 연마해야 한다는 뜻이다. 그래서 나는 학생들에게 늘 말하곤 한다. 곡이 익숙해질 때쯤이면 다른 한 곡의 악보를 보기 시작하라고. 그리고 마지막으로, 한 달 전의 실력으로 돌아가는 불상사에 처하지 않으려면 당연히 단 하루도 연습을 쉬어서는 안 된다.

몇 번의 예외는 있었으나 초등학교 2학년 때부터 방학 때마다 하루 일고여덟 시간의 연습을 해왔고 정말 절박할 때는 열 시간의 연습도 가끔은 했었다. 하지만 그 정도의 연습 시간으로도 충족되지 않는 때가 있었다. 1991년 퀸 엘리자베스 콩쿠르를 준비하면서였다.

당시 스물여섯 살이었던 나는 자신의 연주에 조금씩 자신감을 얻어가고 있던 때였다. 1989년 윌리엄 카펠 콩쿠르에서 우승했고 이제 국제 무대에 데뷔한 연주자가 되었으며, 1990년 차이콥스키 콩쿠르에서는 2차까지 올라갔다가 떨어졌으나 그것은 당시 한국인 참가자들을 모두 떨어뜨릴 수밖에 없었던 스캔들 탓이라 나에겐 아무런 정신적 타격도 없었다. 그도 그럴 것이, 같은 해 9월에는 영국 리즈 콩쿠르에 나가 보란듯이 입상했기 때문이다.

똑같이 힘들게 노력해도 좋은 결실이 주어지는 사람은 그렇지 못한 사람보다 상대적으로 덜 지치기 마련이다. 성공의 열매가 고생과 피로를 일시적으로 씻어주기 때문이다. 당시 나는 스스로가 그런 괜찮은 리듬에 올라타 있음을 자각하고 있었다.

9월에 리즈 콩쿠르를 마치자마자 다음 해 5월에 벨기에에서 열릴 퀸 엘리자베스 콩쿠르를 준비해야 했다. 연달아 콩쿠르를 나가던 때라 익혀야 하는 곡도 한창 많은 때였는데 문득 어떤 궁금증이 밀려왔다.

'과연 사람이 몇 시간까지 연습할 수 있을까?'

선천적으로 좋은 체력을 타고난 데다 나이도 팔팔한 이십대 중반이었으니 열 시간의 연습도 거뜬하던 차였다. 나는 스스로의 물음에 답하기 위해서 피아노 앞에 계속해서 앉아 있었다. 체력과 집중력을 아껴가며 쉬엄쉬엄 하지도 않았다. 최선을 다하지 않고 멍한 상태로 연습을 한다면 이 실험의 의미가 없어지는 것이니까. 그날 끝내기로 마음먹은 악보 분량을 진작에 넘어섰지만 의자에서 일어나지 않았다.

그렇게 찾아낸 연습의 시간적 한계는 열네 시간이었다. 열네 시간이 지나니 두뇌가 더이상 작동을 하지 못하는 것이 느껴졌다. 두뇌만이 아니라 이십대의 몸도 그 이상은 견디지 못하겠다는 신호를 쏟아냈다. 허리도 뻐근했고 입 안이 바짝 마르다 못해 쓴맛이 감돌았다. 연습보다도 극기 훈련이라는 말이 더 어울렸지만 답을 알아낸 것 같아 기분은 좋았다. 나는 바로 침대 위로 쓰러졌고, 다음 날부터는 다시 건강한 열 시간의 연습으로 돌아갔다. 그렇게 콩쿠르 본선 전날까지 하루도 연습을 쉬지 않았다.

퀸 엘리자베스 콩쿠르는 거의 한 달 동안 치러지는데, 다른 국제 콩쿠르보다도 긴 일정이었다. 예선과 준결선에 각각 일주일, 외부와의 소통이 완전히 단절되는 감금 기간과 그에 이은 결선에 약 2주가 할애되는 대회였다. 준결선에 오른 나는 예선에는 없던, 아니 어떤 콩쿠르에서도 겪어본 적 없던 상황에 놓였다. 그 상황이란 곧 무대에서 선보여야 하는 세 곡이 연주 24시간 전에 정해진다는 것이었다. 여러 콩쿠르에 참가해 봤지만 이토록 참가자를 극단으로 몰아세우는 콩쿠르가 있었나 싶었다.

그때가 5월 14일 저녁 여덟 시, 나의 무대는 5월 15일 저녁 여덟 시. 준결선 장소로 이동하고 리허설 하는 데 쓸 한 시간을 빼면 나에게 남은 건 스물세 시간. 나에게 주어진 곡은 스크랴빈 소나타 5번, 리스트의 〈베네치아와 나폴리〉, 그리고 벨기에 작곡가 폴 보두앵 미셸이 이번 콩쿠르를 위해 특별히 작곡한 곡이었다. 어쩜 하나같이 내가 연주하게 되리라고는 예상치 못한 곡들이었다. 고민할 새도 없어서 잠깐만 망설였다.

'연습을 하고 잘까. 아니면 자고 일어나서 연습한 다음에 바로 준결선을 치르러 갈까.'

나의 선택은 단순했다. 일단 체력이 필요하니 당장 세 시간은 자고, 나머지 스무 시간 동안 연습을 하고 바로 무대에 오르기로.

자정이 되기 전에 일어나 다음 날 저녁이 되도록 최소한의 휴식과 최소한의 식사와 최소한의 배설만 하면서 스무 시간 동안 연주에 몰두했다. 열네 시간이 내가 연습할 수 있는 시간적 한계라는 것은 고려할 문제가 아니었다. 그날 하루에 대해서는 달리 떠올릴 추억도 없을 정도로 그저 나를 피아노와 음악에 내던졌을 뿐이다.

어떻게 준비하고 이동해서 무대에 올랐는지도 잘 기억나지 않는다. 머릿속으로 계속 연주만을 생각하고 있었는데 어느 순간 정신을 차려보니 내가 무대에 올라서 있던 것만 같다. 관객이고 심사위원이고, 무대 주변에 있는 모든 게 아득했다. 다만 집에서 내리 열네 시간을 연습하고 난 뒤처럼 내 두뇌와 몸이 한계에 이르렀다는 느낌은 아니었다. 무대 위에 서 있는 피아노가 또렷하게 보였고, 이 악기를 최상의 상태로 연주하기에 내 몸과 두뇌 어디에도 불편함이 없었다. 아니, 불편함은커녕 이상하리만치 개운했다. 그 무대에서 나는 혼신을 다하여 신선도와 집중도를 최대로 높여서 내가 할 수 있는 최선의 연주를 끌어냈다.

연주를 마치고 박수를 보내는 관객에게 인사하고 돌아섰더니, 그제야 스무 시간 연습의 타격이 밀려왔다. 핑글핑글 휘청거리며 겨우 커튼 뒤로 들어갔고, 그 자리에서 실신하듯 쓰러졌다. 아예 정신을 잃은 건 아니었지만 다리에 힘이 들어가지 않아서 몸을 일으킬 수 없었고, 콩쿠르 관계자가 부축해서 숙소까지 나를 데려가 침대에 눕혀주었다. 다시 눈을 뜬 것은 또 하루가 통째로 지나서였다. 누운 자세 그대로 낯선 천장을 보고 있자니 잠깐 정체 모를 눈물이 복받쳤는데, 아쉬움이나 슬픔에서 나오는 눈물은 아니었다.

그렇게나 어렵게 결선에 올랐더니 이제 그전의 압박조차 우스워졌다. 최종 결선 진출자들을 일주일 동안 뮤직 샤펠이라는 음악학교 기숙사에 가둔다는 것은 이미 유명한 이야기였지만, 실제로 갇혀서 외부와 일절 소통이 차단되니 그 고독감과 압박감이 이루 말할 수 없었다. 결선에서는 독주 프로그램과 오케스트라 협연을 준비해야 했는데, 총 세 곡

안에는 새로이 작곡된 곡 하나가 또다시 포함되었다. 무대에 오르기 엿새 전에 나에게 주어진 그 현대곡은 1959년생 프랑스 작곡가 파트리스 샬뤼로의 〈비탄의 도시로Nella città dolente〉였다.

노파심에서 말하건대, 준결선 때의 폴 보두앵 미셸에 이어 또 처음 들어본 이름이라고 자신의 음악적 소양이 부족함을 탓할 필요는 전혀 없다. 솔직히 당시의 나도 별로 다르지 않았으니까. 자라는 내내 들어온 고전음악과 달리 이제 막 처음 들어본 현대음악은 제법 훈련된 나의 귀에도 좀처럼 익혀지지 않았다. 다른 곡들을 연습하면서 이 새로운 곡을 엿새 동안 습득한 뒤에 무대에 올라야 하는 상황이었다. 역시 그동안 아껴두었던 연습의 최대량, 열네 시간 연습을 꺼내야 하는 날들이었다.

누군가는 벨기에 교외의 풍광 좋은 기숙사 건물에 머무르며 며칠 연습하고 지내는 것이 그렇게 대단히 힘든 일이냐고 할지도 모르겠다. 사실 그도 그럴 것이, 고독감이 상당하긴 하나 지내다 보면 못 할 일까지는 아니었다. 그러나 아무도 나를 바라보지 않는 곳에서 홀로 엿새를 지내다가, 불시에 2천 명이 나 하나만을 바라보는 무대에 세워지는 것은 결코 '할 만한' 일이 아니었다.

산 속 기숙사에서 삼십 분이 걸려 최종 결선을 치러야 할 보자르의 앙리 르 뵈프 홀에 도착했더니, 여왕을 비롯해 귀족 가문과 누가 봐도 최상류층으로 보이는 이들이 홀의 2천 석을 가득 메우고 있었다. 이 앞에서 한 번도 무대 위에선 선보인 적 없는 곡까지 연주하라고? 평생을 새장 안에 갇혀 있다가 천적들로 가득한 숲에 놓이는 기분이 이런 걸까. 나름 무대를 겁내지 않는다고 자부하던 나조차 다리가 절로 휘청거렸다. 그러한 공황 상태에서 수면 부족과 고된 연습으로 지친 몸을 이끌고 어떻게 한 시간이 넘도록 연주를 했는지 모르겠다. 준결선 때처럼 연주를 마치고 실신을 하지 않은 것이 오히려 놀라웠다.

결선 무대가 있은 지 사흘이 지나 모든 후보들의 결선 연주가 끝났고 나는 4위라는 좋은 성적으로 입상했다. 하지만 입상의 기쁨보다 큰 것은 나 자신이 이 무대들을 해냈다는 희열이었다. 나는 준결선 무대가 끝난 다음 날 침대에 누워 흘린 눈물의 정체를 그제야 알 것 같았다.

한참이 지나 준결선을 앞두고 스무 시간을 연습한 이야기라든지, 엿새 동안 감금되어 매일 열네 시간 연습을 하다가 결선 날 2천 명 앞에 섰다는 이야기를 듣고 지인이 신기해하며 "지금 그렇게 또 하라면 할 수 있겠어요?" 묻기에 내가 대답했다.

"두 번은 못 하죠."

최상의 연주는 아니었을지도 모른다. 당시 콩쿠르에서 1위를 차지한 프랑크 브렐리의 환상적인 연주에는 못 미쳤을지도 모른다. 하지만 나는 망설이지 않고 말할 수 있다. 내 모든 것을 다 쏟아부었을 만큼 조금의 후회도 없는 연주들이었다고. 그 이상은 할 수 없었고, 다시 하라고 해도 그 이상 나올 수 없는 연주였다고.

그 고된 한 달간의 연주만이 아니라 내 앞으로의 음악 인생도 딱 그랬으면 하는 마음이다. 만약 나의 음악 인생이 끝난 뒤에 무슨 타임루프 영화처럼 외할머니가 나를 피아노 학원에 데려갔던 그 옛날로 다시 돌아가게 된다면, 이미 내 모든 것을 후회 없이 쏟아부은 다음이라 또다시 음악을 할 엄두도 못 낼 상태였으면 좋겠다. 만약 그런 말도 안 되는 일이 생긴다면, 할머니, 미안하지만 코코아로는 어림도 없을 겁니다.

사람의 마음을
아는 것

레옹 스필리아르트, 「오스탕드 산책로의 저녁」, 1908년

학생들을 가르칠 때 피아노를 연극과 자주 비교하곤 한다. 대개의 악기가 한꺼번에 두 음 이상을 낼 수 없는 것과 달리 단선율이 아닌 피아노는 동시에 복수의 음을 내는 것이 가능한데, 이것이 여러 배우가 함께 무대에 올라 연기를 펼치는 연극을 연상시키기 때문이다. 화성과 화음을 다루는 피아노는 한 명의 연주자가 서너 사람의 목소리를 들려줄 수 있고, 재주만 있다면 열 개의 손가락이 열 개의 성부를 동시에 표현해 낼 수도 있다. 하지만 정말 그 정도로 일인 다역을 수행할 수 있는 피아니스트는 많지 않으며, 솔직히 제정신으로는 힘든 일이기도 하다. 실제로 슈만은 다중인격의 소유자로 알려져 있고 베토벤에 관해서도 의심의 말이 곧잘 떠돈다.

　연극이 영화나 드라마와 가장 다른 특징은 현장에서 진행되는 무대예술이라는 점이다. 똑같이 연기를 하는 매체이고 연극과 영화를 넘나드는 배우도 있는데 얼마나 대단한 차이가 있을까 싶지만, 음반을 만들기 위한 녹음과 무대에서의 연주가 확연히 다르듯이 관객의 유무는 정말로 엄청난 차이를 만들어낸다. 관객이 있음으로 인해 연극과 연주는 더이상 일방적인 전달이 아니게 된다. 셰익스피어의 희곡을 떠올려 보면 이해하기 쉬울 것이다. 학창시절에 책상에 앉아 고상하게 읽던 『햄릿』, 『맥베스』 같은 작품들도, 실은 당대의 청중이었던 노동자 시민의 반응을 봐가면서 특정 장이나 대사를 더 부각하기도 하고, 직전 공연의 반응을 고려하여 극을 새롭게 바꾸고 또 바꿔가면서 공연되어 온 것이다. 이렇듯 무대예술이란 관객과 쌍방향으로 소통하며 그들과 하나가 되는 일이다.

어렸을 때는 그냥 혼자 치기에 바빠서 무대 저편을 고려할 여유도 없었고 그래야 한다는 필요도 느끼지 못했지만 나이가 들면 들수록 점점 청중의 반응을 민감하게 느끼게 된다. 이십대 중후반에 여러 음악회와 콩쿠르를 겪으며 말도 통하지 않는 관객들과 음악으로 소통하는 경험을 여러 번 해보면서부터 서서히 달라진 듯하다. 음악이란 소리로 전하는 언어이며, 연주회는 그 언어로 기氣와 기, 영靈과 영을 나누는 장場이라는 것을 조금씩 이해하게 되었다. 어느 정도 훈련된 귀를 지닌 관객이라면 내가 어떤 마음을 갖고 연주하는지, 내가 의도하는 바를 확실히 알고 있음을 느낀다. 그들은 아무 관심이 없으면서 건반만 누르는 연주자와 온 정신을 쏟아서 집중하는 연주자를 귀로 구분해 낸다.

가령 러셀 셔먼 선생님이 연주를 하면 관객들은 약간의 뒤척임도 보이지 않는다. 기침하고 수군거리던 관객들이 연주가 시작되자마자 마법같이 빨려 들어가는 것이 느껴진다. 2007년에 셔먼 선생님이 내한 공연을 하는데 한국에 이름이 알려진 제자로서 내가 기꺼이 페이지터너로 나선 적이 있었다. 피아노를 치는 선생님과 그를 지켜보는 수많은 관객을 한눈에 볼 수 있는 자리였던 만큼, 연주자와 관객이 하나가 되어 음악에 몰두해 있다는 것이 어떠한 것인지를 다시금 느낄 수 있었다. 그 완벽한 조화를 내 손으로 흩트리지 않으려고 악보를 넘기며 얼마나 부들부들 떨었는지 모른다.

나는 음악을 두고, 듣는 사람의 귀를 자극하여 상상력과 영감을 불어넣는 것이라 정의내리곤 한다. 어릴 때는 좀더 연주자의 시각에서 바라봤다면 이제는 듣는 사람의 관점에서 생각하게 되었다. 음악의 역할에 대해서도 마찬가지다. 음악은 그것을 들음으로써 감정을 느끼고 상상 속에서 장면을 그릴 수 있게 해야 하는 것이다.

사실 이것은 나 자신의 경험을 통해 쌓아올린 철학은 아니다. 전적으로 변화경 선생님으로부터 전수받은 가르침에서 토씨 하나 다르지 않은 내용이다.

1979년, 예원학교를 떠나 미국의 월넛 힐 예술학교로 유학을 간 나는 매주 토요일에 뉴잉글랜드 음악원 예비학교로 가서 공부를 했다. 그곳에서 나의 '미국 엄마' 변화경 선생님을 만났다. 그녀의 남편인 러셀 셔먼 선생님에게 '미국 아빠' 같은 표현을 붙일 생각은 전혀 들지 않지만, 변화경 선생님은 내게 정말로 엄마 같은 존재였다. 사람이 고마운 행동을 베풀면 "감사합니다"라고 하는 거야, 하면서 가정교육에 해당하는 가르침까지 받았으니 정말 엄마와 딸 비슷한 관계라고 할 수 있다.

처음에 나를 보며 선생님이 얼마나 기가 찼을지 상상이 된다. 가족들을 한국에 전부 남겨두고 서른 살의 젊은 선생님을 따라서 무작정 피아노 유학을 왔다고 하니, 보통 이런 경우는 웬만큼 천재니까 오는 것일 텐데. 천재는커녕 표현력도 없고 끼도 없고 별 재주도 없는 중학생 애가 피아노를 배우겠다고 떡하니 나타난 것이다. 그렇다면 태도에서, 아니 적어도 눈빛에서 열정이라도 뿜어대고 있으면 좋을 테지만, 주눅이 든 채로 뚱하게 말도 없이 앉아 있는 애라니. 훗날 여러 국제 콩쿠르에서 입상했을 적에 선생님은 나에게 "네가 이렇게까지 될 줄은 몰랐다"고 말한 적이 있다. 그 말에는 음악계에 잘 자리잡아 가고 있는 제자를 향한 칭찬도 있었겠지만, 정말 말 그대로 '아니, 얘가 어떻게 이렇게 됐지?' 하는 의아함도 담겨 있었을 것이다.

나는 처음 선생님을 만난 자리에서 스스로 가장 잘 친다고 여기던 곡 하나를 연주했다. 다 치고 힐끔 눈을 돌렸는데 선생님은 별로 유쾌하지 못한 표정이었다. 예상치 않은 질문이 날아왔다.

"너 책은 읽니?"

"네…… 조금요."

대답이 신통치 못했는지 선생님이 한 번 더 캐물었다.

"지금은 뭐 읽고 있고?"

"지금 읽고 있는 건 없어요."

적절하지 않은 대답이었다. 책을 읽는 사람이면 지금 당장에도 읽고 있는 책이 하나씩 있기 마련이다.

"너 일단은 옛날 영화들이라도 보는 게 좋겠다."

연주자는 느낌을 많이 지녀야 하며 남이 느끼는 것을 함께 느끼는 것이 중요하다고 1930년대에서 1950년대에 걸쳐 나온 흑백영화들을 챙겨보며 감수성을 키우라는 지시였다. 처음에는 빈말인 줄 알았는데, 선생님은 그 뒤로 줄곧 내게 어떤 영화를 보았는지 감상을 물으며 꼬치꼬치 확인했기에 나로서는 따르지 않을 수가 없었다. 게다가 영화를 보는 일은 나름 재미있기도 했다. 당시만 해도 한국에서 영화관에

다니는 건 불량 학생의 전유물이었으니 영화를 볼 겨를이 없었던 거다. 당시 다니던 월넛 힐 예술학교는 열두시 반까지만 수업을 듣고 하교할 수 있었는데, 집에 돌아왔을 때쯤 티브이를 틀면 흑백영화를 틀어주는 채널이 몇 개 있었다. 낮에 그렇게 방송이 나오는 것도 저녁 여섯 시는 되어야 방송을 시작하는 한국과 다른 점이었다.

재미도 있었고, 그때도 워낙 선생님 말을 의심하지 않고 따르는 학생이라 별 불만 없이 보면서도, 대체 이걸 왜 해야 하는지는 이해하지 못했다. 남이 느끼는 것을 느끼라니. 내가 마음이란 게 없는 사람도 아니고, 이제까지도 충분히 담아내고 있다고 생각했으니 말이다. 하지만 시청한 영화가 늘어나면서 그것이 실제로 연주에 도움이 된다는 것을 비로소 알게 되었다. 나의 연주에 무엇을 담아야 하는지, 느낌이라는 것이 무엇인지 서서히 자각할 수 있게 된 것 같다. 선생님은 이제 겨우 중학생인 내가 지니고 있던 경험의 한계를 극복하게 하려는 것이었다. 표현을 하기 위해서 사람들이 어떤 생각을 하는지, 그리고 내가 모르는 곳에 어떤 삶이 있는지를 알도록 하려는 것이었다.

내가 경험해보지 못한 것들을 보며 '이런 것도 있을 수 있구나' 하고 알려주는 매체가 반드시 영화여야 할 필요는 없었다. 나중에 선생님은 연극이면 더 좋고, 문학도 충분히 훌륭한 교과서라고 했다. 다만 연극은 내가 혼자서는 자주 보러 다니기가 힘들 테고, 책은 (이건 나로서는 좀 억울한 점인데) 읽으라고 시켜서 읽을 애로 보이지 않았다고 한다.

그렇다면 왜 꼭 '흑백' 영화였을까? 1930년대에서 1950년대 영화 중 보지 않은 게 없을 만큼 흑백영화를 거의 섭렵하다시피 했을 때 동시대의 영화를 한번 볼 일이 있었는데, 그제야 이유를 알게 되었다. 지금에야 사십 년 전이지만 1980년대 영화라 해서 차분하고 평온한 작품들만 있다고 생각하면 오산이다. 당시의 최신 영화들도 잔잔함에서 오는 감동보다는 감각을 자극하는 것들이 대다수였다. 선생님은 그런 영화들은 표현에 도움이 되지 않는다고 생각했을 것이다. 반면에 옛날의 흑백영화는 상대적으로 연극에 가깝다. 현란한 연출이 없는 대신에 배우들의 표정 하나하나를 느낄 수 있었고 덕분에 그들의 예술적 표현에 보다 깊숙이 몰입할 수 있었다.

생각해 보면 1980년대에도(그리고 지금도) 감정과 표현을 배울 수 있는 좋은 영화와 좋은 배우들은 수도 없이 많이 있었을 것이다. 하지만 중학생인 나한테는 옥석을 가릴 수 있는 눈이 없었고 그걸 선생님도 알고 있었다. 그 결과 나는 누가 좋아하는 배우를 물으면 아직도 그레타 가르보, 잉그리드 버그만을 꼽을 만큼, 영화 취향에서는 내가 태어나기도(1965년) 전인 시대에 박제된 사람이 되어버렸다(이게 얼마나 이상한 일인지 가늠이 되지 않는다면, 2020년대를 살며 제일 좋아하는 영화가 〈현해탄은 알고 있다〉, 〈아낌없이 주련다〉라고 말하는 중학생을 떠올리면 되겠다).

한동안 영화라는 것을 보지 못했다. 내 귀를 괴롭히는 활동을 피하다 보니 자극적인 영상물을 피해왔고 그러면서 자연히 영화 자체와도 멀어지게 되었다. 다행히 변 선생님의 예상과 달리 이제는 책과 많이 친해져서 시를 포함한 문학을 통해 영감을 얻고 표현을 배우고 있다.

사랑을 하지 않은 사람이 사랑을 표현할 수 없고, 슬픔과 고통을 겪어보지 않은 사람이 슬픔과 고통을 표현할 수 없다고들 한다. 어느 정도 맞는 이야기다. 솔직히 말해 예술 하는 사람의 표현 세계가 좀더 넓어지려면 조금은 힘든 삶을 살아볼 필요도 있지 않을까 하는 생각도 자주 한다. 연습이 주는 고통뿐 아니라 삶 자체가 주는 고뇌와 시련도 좀 겪어봐야 한다. 베토벤이나 슈베르트가 그랬듯이.

그러나 연주자는 전달자이다. 자신이 삶에서 겪어보지 못한 경험과 감정조차 표현해 낼 수 있는 배우처럼, 전달자는 직접 겪지 않아도 전달할 수 있어야 한다. 표현을 하는 전달자가 반드시 자신의 삶에서 그것을 겪어야 한다는 강박은 내려놓아도 좋다. 또한 인생은 짧고 예술은 길다는 말처럼, 모든 감정과 표현을 스스로의 경험을 통해 익히기에 사람의 인생은 짧으며 누구에게나 파란만장한 인생이 주어지는 것도 아니다.

겪지 않은 것을 표현해 내고 경험의 차원을 뛰어넘으려는 사람이 해야 하는 것은 진지한 관찰과 영속적인 공부다. 다행히 인류가 쌓아온 온갖 좋은 책과 영화, 미술, 연극 등의 공연예술, 그리고 각종 표현 예술이 매우 발달된 상태로 내 앞에 쌓여 있다. 무대에 올라 관객과 소통하는 사람이라면 표현에 앞서, 나 자신의 것이 아닌 생소한 기쁨과 슬픔과 고통을 표현할 줄 알아야 한다. 혼자 창작하고 들려주는 것이 아니라, 남겨진 작품을 재창조해야 하는 연주자로서 더 많이, 더 깊숙이 공부해야 한다. 그것이 음악이라는 언어를 통해 듣는 사람의 오감을 자극하고 일깨우려는 사람으로서 마땅히 해야 할 일이다.

언어가
표현을 허락한다

레옹 스필리아르트, 「예언자가 있는 바다 풍경」, 1938년

언제 겨울이 왔는지 몰라도 펑펑 내린 눈이 길거리를 온통 메우고 있었다. 언제나 느끼는 사실이지만 보스턴의 겨울은 한국의 겨울과 비슷하다. 기온도 그렇지만, 때때로 큰 눈을 볼 수 있다는 점에서다. 아, 조금 정정하자면 보스턴의 겨울은 한국 안에서도 철원과 비슷하겠다. 눈이 많이 내릴 때는 정말 어마어마하게 내리니까.

'그냥 눈이 아니지. 이런 건 함박눈이라고 해야겠지. 또 달리 표현하자면……'

밖에서 툴툴 떨어지는 눈을 보다 보니, 갑자기 묵혀 있던 기억이 떠오르면서 웃음이 피식 나왔다. 이십대 초반이었던 나는 눈 내리는 광경이 보이는 창가에 앉아 노트를 펼치곤 눈을 수식할 수 있는 말들을 생각나는 대로 쭉 적어 내려가고 있었다. 노트에 적힌 눈의 개수는 다섯 가지도 채 되지 않았다. 당시에는 영어로 적었지만 한국어로는 설탕 같은 눈, 솜사탕 같은 눈, 밀가루 같은 눈, 진흙에 하얀 물감을 칠한 듯한 눈 정도였을까. 호기롭게 앉아서 좀 더 많은 수식어들을 떠올려 봤지만 당장 노트에 옮길 만한 것은 이것이 전부였다. 처음에는 노트를 가득 메울 수 있지 않을까 생각했는데 대부분의 공간에는 눈처럼 하얀 공백만이 남아 있을 뿐이었다.

아마 그때 나의 모습을 누군가가 봤다면 시인이나 소설가 지망생인가보다 했겠지. 피아노를 공부하는 학생이라고는 상상도 못 했으리라. 여기서 또 하나 의외의 사실이 있다. 나는 시간이 남아돌아서 그러고 있던 게 아니었다. 내가 하고 있던 건 엄연히 피아노 수업에서 받은 에세이 과제였다. 그리고 내게 이런 황당한 과제를 내준 사람은 다름 아닌 러셀 셔먼 선생님이었다.

미스터 셔먼. 선생님과 있었던 일들을 이야기하기 전에 이 위대한 거인에 관해서 약간의 브리핑이 필요할 것 같다.

'건반 위의 철학자'라고 불리는 러셀 셔먼은 1930년에 태어나 여섯 살에 피아노를 시작했다. 열한 살 때부터는 페루초 부소니의 제자이자 아르놀트 쇤베르크의 친구였던 에두아르트 스토이어만을 사사했고, 열다섯 살에 뉴욕 타운 홀에서 데뷔했다. 요즘에야 피아니스트들이 마치 피아노 장인처럼 '피아노 외길'의 훈련을 받는 것이 일반적이지만, 사실 전통적으로 연주자에게는 다양한 견문과 공부가 요구되어

왔다. 컬럼비아대학교에서 불문학을 전공한 엠마누엘 엑스, 하버드대학교에서 인류학을 배운 요요마, 역시 같은 대학에서 철학을 배운 장한나 등 그러한 예시는 얼마든지 들 수 있다. 셔먼 선생님도 그런 사람이었다. 그는 열아홉 살에 컬럼비아대학교 인류학과를 졸업했다(잘못 쓴 것이 아니다. 입학이 아닌 '졸업'이며, 대학 입학은 열여섯 살에 진작 했다).

레너드 번스타인과 연주를 했던 게 열다섯 살이었으니, 이미 십대 중반부터 피아니스트로서 명성을 얻은 것이었다. 그러나 얼른 삶의 전선에 뛰어들고 싶었던 그는 연주자치고 꽤 젊은 나이인 이십대 후반에 교편을 잡아 포모나 칼리지와 애리조나대학교에서 학생들을 가르쳤다. 그러다 1967년 뉴잉글랜드 음악원에 교수로 임용된 뒤인 사십대 즈음에 변화경 선생님과 결혼했고, 그 이후로는 연주자로서 더욱 활발하게 활동하기 시작했다. 연주자의 길을 걷는 데에 교수라는 직업이 장애물이 되지 않기를 바란 선생은 아침 열 시에 피아노 앞에 앉아 저녁 일곱 시까지 연습하는 일과를 지켰고, 학생을 가르치는 시간은 일주일에 이틀, 오후에 네 시간 정도로 철저하게 제한했다. 나는 선생님이 이미 학생 수를 적게 제한하던 시절에 제자로 들어갔으니 참 운이 좋았던 셈이다.

트라우마를 남긴 열다섯 살 때의 첫 만남 때문에 선생님은 나에게 여전히 엄격하고도 무서운 사람으로 남아 있었다. 차라리 까맣게 잊고 난생처음 만나는 셈 치고 싶어서 선생이 나를 기억하지 못했으면 했지만, 변 선생님의 남편이다 보니 그럴 가능성은 크지 않았다. 레슨이 시작되어 짧은 대화를 나누다가 셔먼 선생님이 대뜸 말했다.

"자네의 영어 표현은 다소 제한적이구만."

반박할 말도 떠오르지 않을 정도로 여러 생각이 맴도는 한마디였다. 그때쯤 나는 이미 미국에 산 지가 몇 년이 되었을 때라 영어로 소통하는 데는 전혀 문제가 없었다. 영어를 못한다는 소리를 누군가에게 들어본 것도 처음이었다. 일상생활에서 답답함을 느낀 적도 없었다. 평소에 수다도 즐겼던 만큼 언어에 자신이 없진 않았다. 그리고 그보다, 여기서 내가 받고 있는 것은 피아노 레슨이 아니었던가. 영어를 못한다고 이렇게 굴욕을 줄 일인가?

알고 보니 선생님이 영어를 잘하거나 못한다고 하는 것은 의사소통 차원의 문제가 아니라 교양의 문제를 이야기하는 거였다. 선생님은 내가 문어文語로조차 구사하지 못하는 단어들을 구어口語로 자연스럽게 구사하는 사람이었다. 그는 사람이 하는 말 한마디에 인품과 지식이 드러난다고 생각했고, 따라서 무심결에 쓰는 캐주얼한 말들을 혐오했다.

한번은 선생님의 무대를 보고는 내 옆에 있던 동료 학생이 "선생님, 즐겁게 잘 들었습니다I enjoyed it very much" 하고 말했더니 선생님은 아주 조용히, 그러나 힘주어 대답했다.

"나는 자네를 즐겁게 해주기 위해 연주하지 않았네."

제자가 음악회를 보고 나서 감상과 감사를 표하더라도 자신이 느낀 게 무엇이었는지 적절한 단어로 정리해서 말하지 않으면 상대해 주지도 않는 분이었다. 그러니 당시 내가 구사하는 영어가 얼마나 교양머리 없게 들렸겠는가.

다음 레슨에 갔더니 나에게 새로운 과제가 부여되었다. 선생님은 나로선 들어본 적도 없는 생소한 단어 스무 개를 가져오더니 그것을 달달 외우도록 시켰다. 그냥 단어를 제시하는 걸로 그치는 것도 아니고, 어느 정도 숫자가 쌓이면 모아서 잘 기억하고 있는지 나를 테스트해 보았다. 선생님은 늘 말하곤 했다.

"사람은 자기가 언어로 알고 있는 것만큼만 표현하고 생각하게 되어 있다네. 정확한 단어가 아니라 그냥 그림처럼 어렴풋이 알고 있으면 희미한 표현으로 나올 수밖에 없는 거야."

이미 이 단어 암기로도 피아노 수업과는 충분히 멀어지고 있었지만 여기서 끝이 아니었다. 레슨이 끝날 때마다 새로 에세이를 한 편씩 써오라는 숙제가 떨어졌다. 그것도 피아노와는 전혀 무관한 듯한 주제들로 말이다. 비가 오면

'비', 눈이 오면 '눈' 하는 식으로 그냥 선생님이 툭 던지는 단어에 대해 쓸 때도 있었고, 시를 비롯한 문학이나 어려운 과학 잡지를 읽고 느낀 점과 배운 점에 관해 쓰기도 했다. 미술관에 갔다가 마침 열려 있는 요하네스 페르메이르 전시회를 보고 눈에 들어온 그림을 하나 선택해 그에 대해 쓰기도 했다. 단순한 감상을 쓰는 데서 그치지 말고, 그 그림이 어떤 점에서 좋았는지 색감은 어떠했고 구도 면에서는 무엇이 눈에 띄었는지를 정확히 적어오라 했다. 그 시절 보스턴의 이저벨라 스튜어트 가드너 박물관을 얼마나 자주 들락날락했는지 모른다.

피아노 수업에서 이러한 과제를 왜 요구하는지 도통 알 수 없었으나 또다시 선생님과 악몽 같은 인연을 되풀이하지 않기 위해 나는 열심히 글을 썼다. 하지만 그렇게 제출한 나의 에세이를 보며 선생님은 만족스럽지 못한 표정으로 거의 모든 곳에 빨간 작대기를 그었다. "이것은 적합한 단어가 아니네!"라면서. 나중에 붉고 너덜너덜해진 숙제를 도로 돌려받을 때마다 나는 또다시 자괴감에 휩싸여 볼이 홧홧 달아올랐다.

"연주자한테 연주 말고 필요한 게 뭐라고 생각하나?"

언젠가 선생님은 내 초라한 에세이를 들고 나에게 말했다. 종이 위에 열심히 공들여 쓴 에세이가 마치 지저분한 휴지처럼 선생님의 손끝에서 팔랑거렸다.

"잘 모르겠어요……"

나는 한참을 뜸들이다가 말했다. 피아노 연주자에게 필요한 것은 연주라는 생각뿐이었다. 물론 연습을 위한 체력도 상당히 필요하긴 하지만 왠지 적절한 대답은 아닐 것 같았고, 그 외에 무엇이 중요한지 한 번도 생각해 본 적이 없었다. 선생님은 살짝 붉게 물든 나의 얼굴을 바라보았다.

"연주자한테 연주 말고 필요한 것은 전부 다everything야! 자네가 말하는 것, 생각하는 것까지 모두. 음악에서 연주는 아주 일부에 불과하네. 음악을 이루는 것은 1퍼센트의 음악적 요소와 99퍼센트의 비음악적인 요소라네."

나는 선생님의 말을 이해할 수 없었다. 지금도 그런 것처럼. 선생님과의 만남은 항상 수수께끼를 푸는 기분이었다.

나중에 알게 된 사실인데, 단어 암기라든가 에세이 과제라든가 하는 교육은 선생님으로서도 그다지 일반적인 수업 방식은 아니었다고 한다. 아니 정확히는, 누구한테도 그런 교육을 한 적이 없었고 어떤 학생도 그대로 따른 적이 없었다고 한다. 이게 얼마나 억울한 일인가! 사회 분위기상 미국의 선생님들은 학생에게 함부로 강요하지 않으며, 학생도 납득할 수 없다면 그 강요를 따르지 않는다. 스스로가 한참 무식하고 모자라다고 생각한 나만이 그 지시들을 곧이곧

대로 따랐고, 두말 않고 따르니까 선생도 마음 편히 시켜온 것이었다. 반항해도 되는 거였구나, 그 수모를 대학교 내내 겪지 않아도 되는 거였구나, 하는 걸 뒤늦게야 알았다.

그러나 생각해 보면 나 역시 나름 싫지만은 않았던 것 같다. 내가 가진 하나의 장점이 있다면, 그것은 즐거움과 희망이 보이지 않는 곳에서도 어떻게든 좋은 것을 발견해 내려는 욕구와 재주를 조금이나마 지녔다는 점이다. 선생에게 그토록 야단을 맞으면서도 나는 이 수업의 좋은 구석을 어떻게든 찾아내려고 했고, 결과적으로 그것이 정말 나의 음악에 도움이 되지 않았을까 생각한다. 어쩌면 그 특별한 수업이 시작되던 초기부터 그랬을지도 모른다. 그 지겨운 영단어들을 암기하던 시절부터 말이다.

보스턴에 있는 한 박물관에는 '사모바르'라고 부르는 러시아의 전통 주전자가 상설 전시되어 있었는데, 어느 날 선생님은 내게 관람을 다녀와서 그 물건을 수식할 수 있는 단어 오십 가지를 적어오라고 한 적이 있다. 내 평생 찻주전자를 앞에 두고 그렇게 머리를 싸맬 일이 생길 줄은 몰랐다.

그 사모바르라는 것은 주전자의 한 종류라고 들었지만 흔히 볼 수 있는 주전자보다는 훨씬 컸고, 양쪽에 손잡이까지 달려 있었다. 화려하게 생긴 것이, 꼭 무슨 철제 향로처럼도 보였다. 그리고 누가 보더라도 가장 눈에 띄는 것은 아래쪽에 달린 수도꼭지였다. 숙제가 아니었다면 이렇게 유심히 볼 일은 없는 물건이었지만 솔직히 꽤나 근사한 주전자였다. 나는 미술관 한쪽에 서서 수도꼭지가 달린 그 골동품을 보며 그것을 꾸며주는 수식어를 써 내려가기 시작했다.

쉽지 않을 줄은 알았지만 생각보다도 빨리 진도가 멈췄다. '오래되다', '크다', '무겁다' 정도만을 써놓고 한동안 다른 단어를 추가하지 못했다. 내 앞에 저 근사한 주전자가 떡하니 있고 여러 가지 세세한 특징들이 눈에 들어오는데 머릿속에서는 더이상 덧붙일 단어가 생각나지 않았다. 그때 나는 알았다. 지금 내가 표현을 할 수 없는 것은 관찰력이 아니라 어휘력이 부족하기 때문임을.

나는 사전이 필요하다는 것을 깨닫고 사모바르를 눈에 꼼꼼히 새긴 뒤에 미술관을 나섰다. 혹시나 잊어버릴세라 서둘러 집에 돌아갔지만 이미 내 눈에 새긴 주전자의 상像은 잔뜩 뭉개지고 흐릿해진 뒤였다. 나는 뒤늦게 사전을 꺼내서 내가 보았던 그대로의 도자기를 표현하기 위한 단어들을 찾아보았다. 사전을 A부터 Z까지 뒤적이며 꽤 오랜 시간 붙잡고 씨름했다. 별별 모르는 단어들이 다 있던 것은 물론이고, 그중에는 내가 좀 전까지만 해도 언어로는 잡아내지 못했던 주전자의 특징을 수식해 주는 반갑고 신기한 단어도 있었다.

하지만 진짜 신기한 것은 그다음에 일어난 일이었다. 머릿속에서 뭉개진 채 존재했던 주전자가, 언어가 하나씩 늘어남에 따라 조금씩 상을 갖춰갔던 것이다. '유연하다', '보온保溫', '굴곡형의', '관능적이다'와 같은 다양한 영어 단어를 확보하게 되자 이윽고 나는 비유법과 상상력까지 동원하여 주전자를 더 생기 있게, 더 시적으로 형용할 수 있었다. 노트를 단어로 가득 채웠을 때는 주전자가 받침부터 수도꼭지와 손잡이를 거쳐 뚜껑까지, 마치 눈앞에 있는 듯이 선명해졌다. 언어가 표현에서 얼마나 큰 역할을 하는지 깨달은 순간이었다. 근시인 사람이 안경을 벗고 바라보는 듯 흐릿했던 물체가 점차 선명한 화질의 사진처럼 살아나는 힘, 이 표현의 크기를 결정하는 것이 바로 언어였다.

음악이란 소리라는 언어로 듣는 사람의 마음과 영혼, 두 뇌를 자극하는 것이다. 연주자 본인이 자기 대사를 이해하지 못하면 아무것도 전달할 수 없다. 여기서 이해란 대개 언어로 하는 것이다. 감感, 인상, 머릿속 그림 등은 이해를 돕기 위해 언어를 보완하는 것일 뿐, 더 확실하고 구체적인 언어를 다양하게 알고 있는 연주자일수록 느낌과 인상에 의존하는 것을 넘어 더 확실하고 구체적으로 표현할 수 있다.

그 이후로도 선생님이 던지는 말들 대부분은 내게 어려운 수수께끼였지만 그중에는 시간이 지나면서 풀리곤 하는 수수께끼도 있었다. 뒤늦게 답을 알아낼 때마다 얼마나 큰 희열을 느꼈는지 모른다. 심지어 여전히 그 희열을 느낄 때가 간혹 있다. 선생에게 배운 지 삼십 년이 넘어가는 지금도 간혹 당신의 저서인 『피아노 이야기』를 가지고 다니곤 하는데, 아직도 나를 자극하고 새로운 것을 깨닫게 해준다. 그 멘토 같은 책을 읽으면서 또는 연주를 하면서 문득 '그때 선생님이 던진 그 아리송한 말이 이런 거였구나' 싶은 순간이면 내가 정말 귀중한 가르침을 받았구나, 하는 생각이 든다. 그래서인지 이제는 단지 '만만하다'는 이유로 나만이 그런 괴상한 교육을 받았다는 것이 하나도 억울하지 않다.

한 발짝만
떨어져서

레옹 스필리아르트, 「돌풍」, 1904년

대학원 과정이 끝나갈 즈음 작은 콩쿠르에 나간 적이 있다. 변화경 선생님과 러셀 셔면 선생님만으로 이루어진 내 세계의 바깥이 궁금하던 와중에 충동적으로 가볍게 참가한 첫 콩쿠르였고, 당연히 잘 준비된 상태도 아니었다. 1차 예선에는 스물다섯 명이 참가했다. 유학 와서 처음으로 참가한 콩쿠르가 신기했던 나는 내 연주 바로 앞의 무대만을 제외한 모든 무대를 앉아서 지켜보았다.

누구 하나 빠지지 않는 연주를 들려주는 스물세 명 중에서도 특히 내 귀를 사로잡는 연주자가 한 명 있었다. 내 또래로 보이는 그는 멘델스존의 〈엄격 변주곡〉을 연주하였는데 다른 학생들과는 수준의 차원이 다르다는 느낌이 처음 건반을 누를 때부터 전해졌다.

'저 힘든 곡을 어떻게 저리 잘 치지? 콩쿠르는 저런 애들이 참가하는 거구나.'

음악성도 뛰어났고 감정도 풍부하게 담긴 데다 소리 자

체가 깊은 울림을 주었다. 더할 나위 없이 악보에 충실한 완벽한 연주였다.

이 작은 콩쿠르에 참가하는 학생이 저 정도인데, 내가 목표로 하는 국제 콩쿠르는 대체 어떤 수준의 연주자들이 오는 것일까? 나는 자연히 내가 콩쿠르라는 무대에 너무 게으르고 가벼운 마음가짐으로 나왔다는 것을 깨달았다. 고작 그 정도로 연습하고서 이렇게나 진지한 연주자들과 같은 무대에서 연주를 하려고 했다니.

그래서 여차여차 1차를 통과한 다음에는 잠을 줄여가며 절박하게 연습했다. 나를 놀라게 한 그 연주자처럼은 도저히 칠 수 없을지라도 스스로한테 부끄럽지 않은 수준으로는 쳐야겠다, 하는 마음이었다. 그러한 마음가짐이 도움이 되었는지 2차 예선까지 통과하여 3차 예선을 준비하게 되었다. 그 완벽한 연주자 역시 마찬가지였다. 나는 내 순서를 치르기 전에 또다시 그의 3차 무대를 지켜보았다.

그 무대는 완벽한 연주의 반복이었고, 바로 그것이 문제였다. 연주에서 '완벽'은 문제가 되지 않으나 '반복'은 문제가 된다. 피아니스트는 같은 곡을 치더라도 매번 전혀 다른 곡을 치는 것처럼 신선도가 떨어지지 않게 해야 한다. 3차 예선이었고 세 차례 각각 다른 프로그램으로 연주하는 무대였지만 나는 그의 연주에서 '다름'을 알아챌 수가 없었다.

세 차례 모두 완벽에 가까운 수준으로 세밀하게 준비해 온 숙제를 고스란히 무대에 옮긴 것뿐이었다. 나를 충격에 빠뜨리고 가르침을 준 교사가 단숨에 반면교사가 되는 순간이었다. 나는 셔면 선생님이 늘 하던 말을 떠올렸다.

"연주란 똑같이 두 번을 치면 안 되네. 무대에 오를 때마다 매번 새롭게 재창조해야 하는 거야."

2차 예선까지는 완벽해질 때까지 갈고닦은 연주로도 충분했다면, 3차에서는 연습을 통해 예쁘게 만들어놓은 틀에서 확 벗어나서 새로움을 던지지 않으면 듣는 사람들이 지겨워하리라는 것을 깨달았다. 그래서 나의 3차 예선은 완전히 다른 모습을 보여주는 무대가 되었고, 그 결과 완벽한 연주자가 떨어진 본선에 나는 올라갔다.

그다음은? 게으르고 가벼운 마음을 확실히 고쳐먹은 덕분이었을까. 준비가 덜 되어 있던 것치고는 본선 2위라는 준수한 순위를 기록했다. 경력에 남을 만큼 큰 대회라고는 할 수 없었지만, 그럼에도 확실한 수확을 얻은 콩쿠르였다. 콩쿠르라는 무대가 나의 실력을 확인하기 위한 시험대이기도 하지만, 다른 실력자들의 갈고닦은 음악을 들을 수 있는 배움터라는 것을 깨달았으니 말이다. 다음에 참석한 윌리엄 카펠 국제 콩쿠르 때부터 (참가자를 극단으로 몰아세우는 퀸 엘리자베스 콩쿠르 정도를 제외하고) 나는 줄곧 연습 시간을 쪼개서라도 다른 참가자들의 연주를 들었고 그것은 내가 해당 콩쿠르에서 연주할 때마다 큰 도움이 되었다.

지금도 사람들은 가끔 나에게 연주회를 준비하면서 남의 연주를 듣느냐고 묻곤 한다. 나는 이런 질문에 오히려 의아해하며 대답한다. 당연히 듣는다고. 연주를 하는 것이 직업인 사람은 마땅히 남의 연주를 그만큼 많이 들어야 한다. 다른 사람의 연주를 듣는 과정에서 기존의 내 연주에서는 들리지 않던 새로운 아이디어를 운 좋게 얻는 일도 생긴다. 물론 연주를 가까이 앞두고 있을 때는 같은 곡을 남의 연주로 듣는 일은 피하는 편이다. 그렇지만 영감을 얻기 위하여 그 외의 다른 곡을 듣는 일은 멈추지 않는다. 라흐마니노프, 호로비츠, 리흐테르, 셔먼, 호프만, 기제킹 등 내가 선호하는 많은 연주자들의 빛나는 연주를 계속해서 듣는다.

어릴 때는 때로 실제로 그들을 따라 치기도 했다. 다른 연주를 모방하면서 그것이 나의 것이 될 때도 있었다. 연주자가 그래도 되냐고? 그동안 내가 미처 몰랐거나 못 했던 좋은 것을 나의 귀중한 자산으로 삼을 수 있는데 자존심을 세울 이유가 무엇이란 말인가. 게다가 모방하고 싶다고 그대로 나오는 것도 아닐뿐더러, 확실한 내 것이 되지 않았다면 모방한 그 연주는 곧 연기처럼 사라져 버릴 뿐이다.

당연한 말이겠지만, 연주자가 한 사람의 연주만을 듣고

그것만 그대로 모방하는 것이 결코 바람직하지는 않을 것이다. 그럼에도 나는 제자들에게 남의 연주를 들을 필요가 있다고 말하곤 한다. 특히 제 마음에 쏙 드는 연주보다는, 나의 선호와 어긋나는 연주일수록 더 챙겨 들으면서 다른 방향이 있음을 알아야 한다고. 부끄러워할 일이 전혀 아니다. 예술은 모방에서 시작한다. 오스카 와일드의 말을 빌리면 모방은 위대함에게 바치는 가장 진지한 형태의 찬사이며, 조지 버나드 쇼의 말을 빌리면 모방이야말로 가장 진지한 형태의 배움이다.

이것이 모든 연주자들이 공유하는 태도는 아니라는 것을 알고 있다. 콩쿠르에 나가더라도 다른 참가자의 연주에 관심이 없고 굳이 듣지 않는 사람도 많이 있다. 나의 제자들에게는 그리 권장하지 않는 태도이다. '헷갈리기 때문'이라고 한다면 (그래도 그게 아닌데, 하며 백번 양보해서) 그나마 이해할 수 있다. 그러나 '나만의 연주를 하기 위함'이라고 한다면 나는 그렇게 오만한 생각도 없다고 생각한다. 우리가 하는 연주란 결국엔 재창작이다. 나만의 것을 '창작'하는 것은 작곡가의 영역이다.

남의 음악을 충분히 들었다면 그다음에 귀가 옮겨가야 할 곳은 자신의 음악이다. 실제로 녹음을 해서 들을 수도 있고 그러한 과정은 꼭 필요하지만, 나는 반드시 녹음해서 듣는 일만을 이야기하는 것은 아니다. 내가 이야기하는 바는, 연주를 하고 있는 바로 지금, 내 음악이 어떻게 들리는지를 인지하는 것이다.

간단하게 들릴지 몰라도 정말 쉽지 않은 일이다. 오십 년 넘게 피아노를 쳐온 나 역시 연습을 하루만 쉬어도 금방 이 청각을 잃어버리고 만다.

내가 치는 음악을 내가 듣는 것이 대체 뭐가 어려울까 싶지만, 바로 내가 치기 때문에 내가 듣기가 어려운 것이다. 거울이 없다면(아니, 거울이 있어도) 나의 눈에 있는 그대로의 내가 보이지 않는 것처럼 나의 귀에는 나의 연주가 있는 그대로 들리지 않는다. 실제로 음악을 가르치는 선생님 중에는 학생의 연주는 더할 나위 없이 잘 듣고 탁월한 가르침을 주면서도, 본인은 자기가 가르치는 학생보다도 못 치는 사람도 있다. 그런데도 자신의 연주가 들리지 않기에 스스로는 굉장히 좋은 연주를 하고 있는 줄 착각하는 것이다. 이 얼마나 민망한 일인가.

자신을 객관적으로 볼 수 있다는 것은 연주자에게 굉장히 중요한 자질이다. 가령 골프선수가 나의 몸으로부터 몇 발짝 떨어져서 마치 코치가 지켜보듯이 자신의 자세를 볼 수 있게 되는 것과 같다. 끝없는 연습을 통해 이 제3자의 귀 the third ear를 갖게 되면 그다음부터는 듣는 차원이 달라진다. 그러한 연주자에게는 새로운 국면이 열린다. 이야기를 들려주는 존재가 되어 비로소 '전달'을 할 수 있게 되는 것이다.

앞에서 여러 번에 걸쳐 피아노를 연극과 비교했지만, 엄밀히 따지자면 피아노는 연극배우보다는 고대 그리스 시대에 혼자 무대에 올라 서사시를 암송하던 음유시인이라든지 우리나라 판소리 소리꾼의 역할에 가깝다. 그들은 자신의 감정을 청중이 느끼도록 만들기 위해 그 감정에 객관적인 태도를 지니고 있다는 특징이 있다. 본인이 감정 그 자체가 되어서는 안 된다. 제3자의 입장에서 이야기를 '들려주는' 역할을 맡아, 듣는 사람이 그 감정에 공감하도록 해야 한다.

간혹가다가 자신도 모르게 음악에 도취되어 잠깐 눈물이 핑 도는 것을 넘어 눈물을 흘릴 때가 있을 수도 있다. 눈물을 두고 이렇게 말하는 것이 매정하다고 할 수도 있겠지만, 그건 미성숙의 단계에서 벗어나지 못한 탓이다. 자신이 울고 감동하는 아마추어 단계를 넘어서서 자신은 객관적 관점을 지킨 채로 관객을 울리고 감동시켜야 프로페셔널이라 할 수 있다. 음악에 담긴 감정이 무엇인지 정확히 느끼고 아는 만큼 혼자 연습을 하면서는 얼마든 울 수 있다. 하지만 무대 위에서 연주자의 역할은 어디까지나 감정을 객관화하여 청중에게 전달하는 것이다.

어쩌면 이 객관적 태도라는 것은 피아노 연주에만 국한되는 이야기가 아닐 수도 있겠다는 생각이 든다. 어릴 때는 나 자신을 객관적으로 본다는 것이 불가능해서 별 부끄러운 짓을 거리끼지 않는다. 자기감정에 빠져 정신을 못 차리는 것이 곧 사춘기 아니던가. 하지만 사람은 언제까지 사춘기로 지낼 수는 없다. 내가 어떤 사람인지, 지금 내가 서 있는 위치가 어디인지, 자신의 무엇을 시정해야 하는지를 언젠가는 알아야 한다. 자기 자신의 세계에서 빠져나와 스스로가 어떻게 보이는지를 볼 수 있어야 한다. 세상은 이것을 '성숙'이라고 부른다.

배움이 끊기는 날이
인생이 끊기는 날

레옹 스필리아르트, 「방파제의 기둥」, 1909년

확실히, 새로운 곡을 연주할 시간이 얼마 남지 않았음을 느낀다. 아니, 어쩌면 주어진 시간이 다 지나갔지만 그 서글픈 사실을 애써 외면하고 있는지도 모르겠다.

　내가 무대에서 연주하는 곡들의 대부분은 십대에서 사십대 사이에 배운 작품이다. 그 시절에 익힌 곡은 언제든 무대에서 다시 선보여도 신선함을 잃지 않고 이제 원숙함까지 더해 들려줄 수 있다. 그 이후에 배운 곡을 무대에 올리려 하면 몸과 마음의 고생도 이만저만이 아니며 대개는 스스로 기대하는 최상의 수준까지 이르는 데에도 잔뜩 애를 먹곤 한다. 아직까지는 연주의 수준을 끌어올리는 데 실패한 적이 없었지만 미지의 영역인 육십대 이후는 어떨까.

　다른 연주자들을 보더라도 육십대가 넘어가면 새로운 곡을 계속적으로 많이 익혀 연주하기보다는 그때까지 배워온 곡을 더 연마해서 들려주는 편이다. 그도 그럴 것이, 연주자가 언제까지고 계속 새로운 곡을 익혀 그것을 청중 앞에 내놓겠다는 것은 과한 욕심이다. 그의 음악을 좋아하는 청중을 위한 일도 아닐 수 있다. 한창 셔먼 선생님에게 배우던 시절, 끝없는 지적과 호통의 시기를 지나 내가 연습한 곡이 당신이 듣기에 이제 겨우 '들어줄 만한' 수준에 들어섰을 때 선생은 이렇게 말하곤 했다.

"음, 이제야 좀 서광이 보이는군. 앞으로 두고두고 많은 것을 찾아보게."

따스한 칭찬은 아니었지만 그 말들에 내가 얼마나 큰 희열을 느꼈는지 모른다. 그러나 선생은 일부러 칭찬을 건네지 않은 것이 아니었다. 당시 나의 연주는 정말로 이제 막비치는 듯한 서광일 뿐이었고, 그후 긴 연주 생활을 하면서 정말로 두고두고 많은 것을 배워가야 했다. 이 세계에서는 고작 몇 안 되는 곡을 가지고도 평생 동안 배워가야 할 게 넘쳐나는 것이다. 그러니 그 폭과 깊이의 한계를 가늠할 수 없을 만큼 광대한 클래식 피아노 음악의 세계에 발을 들인 연주자는, 자신이 원하는 모든 곡을 섭렵할 수 없다는 숙명을 떠안아야 한다. 여기서 '섭렵'이란 혼자서 치기 위한 수준에 이른 것이 아니라, 무대 위에서 발표할 수준에 다다랐다는 뜻이다. 그 둘은 완전히 다르다.

군이 새로운 곡을 익히지 않아도 '새로운 것'은 끊임없이 배울 수 있음을 잘 알고 있다. 내가 지닌 레퍼토리 안에 있는 곡들을 더욱 깊고 원숙하게 만드는 일이야말로 청중이 프로 연주자에게 기대하는 '배움'이라는 것도 안다. 아주 어 렸을 때 소나티네로 시작하여 그렇게나 오랫동안 배워왔고 수없이 무대에서 연주해 온 베토벤만 하더라도 나에겐 여전 히 새롭고 여전히 심오하다. 오히려 배우면 배울수록 그 위 대한 거인을 재조명하게 될 뿐이다.

지금 글을 쓰는 내 나이는 정확히 베토벤이 세상을 떠났 을 때의 나이와 같다. 하지만 지금도 나는 이 오십대에 이 른 거인이 후기 작품들에 무엇을 담아내려 했는지 능히 알게 되었다고 감히 말하지 못한다. '아, 이 위인이 인생을 돌아보 면서 이런 것을 느꼈나 보구나' 하는 어렴풋한 인상을 더 절 실히 느끼게는 되었지만, 무릇 인간이 지닌 이해의 차원을 넘어서는 경계가 내 앞에 있음을 확연히 감지할 수 있다.

삼십대 초반에 음악인에게는 죽음을 선고받은 것과 다름 없는 청각 상실을 겪으면서도 베토벤은 그뒤로 이십여 년을 더 작곡하며 인간 승리의 표본을 보여준다. 역경과 고뇌의 끝에서 그는 모든 것을 털어버리는 승화의 단계로 넘어가는 데, 힘든 일을 겪곤 할 때 이 시기 베토벤의 음악을 들으며 힘을 받는 것은 음악에서 그러한 희망을 발견하게 되기 때 문일 것이다. 그런데 이 역전하는 거인은 승화의 단계에서 조차 한 발 더 나아갔다.

피아노 소나타 28번을 비롯한 후기 다섯 곡의 소나타에서 나는 '인간의 능력이 어찌 저렇게까지 될 수 있을까', '신이 주지 않으면 도달할 수 없는 영역 아닐까' 하는 경이로움을 느끼며 그 앞에서 절로 겸허해진다. 이제 신에게 자신의 모든 것을 맡긴 작곡가는 죽음과 영혼의 세계를 노래하기에 이른다. 특히 마지막 32번은 다른 소나타들과 달리 2악장만으로 되어 있다. 그럴 만한 것이, 연주자는 이 두 악장을 연주하고 나면 더는 아무것도 할 수 없게 된다. 그 이상의 말이 불필요해지는 초월의 경지, 힘이 하나도 남지 않아서 도저히 연주를 이어나갈 수 없는 지경에 이른다. 이 심오한 영역에 나 같은 범인이 어찌 가닿을 수 있단 말인가.

이렇듯 셔먼 선생이 이야기한 '앞으로 찾아야 할 두고두고 많은 것'은 그 양에서나 깊이에서나 한계가 없는 세계였다. 단 하나의 곡에 그렇게나 무궁무진한 세계가 펼쳐져 있는 것이다! 그러니 이제는 내가 지닌 레퍼토리를 탄탄하고 깊게 가꾸면 된다는 것을, 새로운 곡을 익히려는 미련은 접어두어도 좋다는 것을 잘 알고 있다. 하지만 여전히 가끔, 젊은 시절에 조금 더 노력해서 더 많은 작곡가의 음악을 배워놓을 것을, 하는 아쉬움이 스밀 때가 있다. 아니, 미련에서 그치지 않고 지금부터라도 새로운 곡을 내가 원하는 수준에 이르기까지 연마하고 싶다는 슬픈 욕심마저 들곤 해서 또 다시 시도해보기도 한다.

오십대 후반인 나는 바흐의 음악을 들으며 그에게 범접하지 못했다는 데에 씁쓸함을 느낀다. 바로크 시대의 건반악기는 피아노가 아니라 하프시코드harpsichord였으니 바흐를 연주하지 않는다고 해서 스스로를 피아니스트라고 부를 수 없다는 강박은 들지 않지만, 그럼에도 바흐를 제대로 연주할 수 없는 자신을 음악가라고 할 수 있을까 하는 의심은 쉬이 떨쳐지지 않는다.

어릴 적에는 바흐라는 작곡가에게 별 관심이 없었다. 과거에 한국에서 음악을 해온 사람이라면 누구나 그랬을 것이다. 바흐를 왜 알아야 하는지, 그를 왜 마땅히 음악의 아버지라고 불러야 하는지 이해할 만한 기회를 가지지 못했다. 미국에 건너와서 변화경 선생님을 사사하면서도 한참이 지나 바흐를 둘러싼 역사와 원전 악기에 대해 알아가며 음악의 입체화라는 것을 배우게 되었다. 그뒤로 지금까지 마치 '꿀 같은 생명의 말씀'을 듣는 듯한 바흐의 음악을 서서히 선호하게 되었지만, 결국 제대로 익힐 기회를 얻지 못하고 지금에 이르렀다. 무궁무진한 복선율의 독립성과 일체성을 연주로 표현하기엔 내 상상력의 부족을 느낀다. 새로운 곡을 많이 접하고 싶다는 욕심은 지금도 이십대 당시의 마음과 같지만, 그때처럼 빠르게 익히지 못하리라는 것을 이젠 인정할 수밖에 없다.

항간에는 아무리 바흐에 관한 연주자의 이해도가 높더라도 현시대의 청중은 바흐의 음악을 이해할 수 없다는 말도 있지만, 그것은 잘못된 편견이라고 생각한다. 바로크 음악 특유의 정교한 음색을 살리면서, 바흐에 대한 뛰어난 이해를 바탕으로 청사진을 그리듯 연주하여 기어코 청중을 이해시키는 연주자들이 있다. 글렌 굴드와 같이 일명 '바흐 스페셜리스트'라고 칭해지는 사람들, 또 안드라스 쉬프 같은 엄청난 연주가들이 있다. 언젠가 나도 그 수준에 도달할 수 있을까? 반드시 그럴 거라며 자신 있게 대답하기는 조금 조심스럽다.

다만 확실한 것은 그 경지에 달하려면 나는 앞으로 몇 년 동안 오로지 바흐를 두고 엄청난 연구를 해야 한다는 것이다. 베토벤의 작품이나 낭만파 작곡가의 음악을 연주하는 수준으로 바흐의 음악을 무대에 올리기 위해서는, 오 년에서 십 년 동안은 바흐에만 매달려야 하지 않을까? 그리고 나는 그 선택을 감당할 수 있을까?

나의 오십여 년의 음악 인생을 내 멋대로 크게 구분 짓는다면, 어릴 적 피아노를 접하고부터 미국에 건너간 뒤 차이콥스키 콩쿠르에서 입상하기까지를 제1기, 서울대 교수에 임용되고 나서 겪은 부침浮沈부터 다시 미국으로 건너가 어렸던 아들딸이 드디어 충분히 성장하고 선생이자 연주자로 다시 선 지금까지를 제2기, 그리고 앞으로 맞닥뜨릴 시기를 제3기라고 칭할 수 있겠다. 오랜 제1기와 제2기를 겪으면서 깨달은 철학이 둘 있는데 하나는, 인생은 절대 계획한 대로 흘러가지 않는다는 것이다. 계획과 목표는 세우고 예측도 하겠지만 그것은 '주어짐'의 힘에 비하면 매우 부수적인 것이다. 인간은 자신의 생각보다 '주어지는 대로' 살아가게 되어 있다. 앞으로 내게 주어지는 것이 햇볕일지도 또는 비바람일지도 모른다. 만약 햇볕이라면 그것을 기꺼이 그러나 당연하지 않은 것으로 받아들이고, 비바람이라 해도 세상과 인생을 원망하지 않고 그것을 맞는 것이 나의 일이다. 그리고 어쩌면 그다음엔 전혀 다른 제4기, 제5기가 기다리고 있을지도 모르겠다.

나는 주어짐 앞에서 나 개인의 미약함을 느끼지만, 그럼에도 그저 흐름에 종속되어 표류하듯 인생을 살겠다는 뜻은 아님을 밝히고 싶다. 나의 음악 인생은 또 하나, 삶이란 죽는 날까지 자신을 계발하는 과정이라는 것을 알려주었다. 자기 자신을 인간적으로든 직업적으로든 조금씩 계발하는 방향으로 나아가는 것이 의미 있는 삶이다. 그러지 않는다면 그저 숨만 쉬고 살아가는 것에 지나지 않는다. 예술가라면 끝없이 음악을 연습하고 연마하는 것이 진정한 삶의 의미를 찾는 길이다. 러셀 셔먼 선생이 보여주는 삶처럼 말이다. 어쩌면 굉장히 피곤한 인생이라고 말할지도 모르겠다. 늘 자신이 스스로가 있는 자리보다 덜하다고 생각해야 하고, 혹여나 지금의 자신에게 만족하는 것을 몇 번이고 경계해야 하기 때문이다.

새롭게 열리는 음악 인생의 국면 앞에서 나는 함부로 계획하지 않으려 한다. 그저 음악을 연습하고 연마하면서 주어짐을 기다릴 생각이다. 그렇게 기다리다 보면 언젠가 상황이 바뀌는 기회가 오리라고 생각한다. 그리고 설령 계획대로 되지 않는다는 인생의 법칙에 의해 기다림의 보상이 주어지지 않는다고 해도, 이미 연습과 연마로 점철된 삶 자체가 어떠한 보상보다도 거대한 의미를 거둔 것이라고 믿는다.

어쩌면 나는 베토벤이 되는 데에도, 무대에서 바흐를 최상의 경지로 연주하는 데에도 실패할 수도 있다. 인생은 절대 계획대로 되지 않을 테니까. 하지만 약간의 허세를 보태 말하자면, 나는 목적지에 도달하지 않아도 된다. 도달한 채로 인생의 마지막을 맞지 않아도 상관없다. 그저 인생의 마지막 순간에도, 내가 어딘가에 도달해 가는 중이었다고 한다면 그걸로 족할 것이다.

인정받지 못하는
순간이 찾아와도

어떤 목소리를
낼 것인가

레옹 스필리아르트, 「등대가 있는 바다 풍경」, 1900년

오래전에 내가 올랐던 무대의 실황 연주를 듣거나 녹음
한 지 한참 된 음반을 듣는 경험은 마치 다 자란 뒤에 중학
생 시절의 일기장을 보는 일과 비슷하다. 당시의 나로서는
내가 느끼는 온갖 감정을 끌어모아 진지하게 음악으로 풀고
있었다는 것을 알지만 세월이 흐른 지금 듣기에는 민망하기
가 그지없다.

　한번은 나의 데뷔 음반에 포함된 연주곡을 라디오 방송
에 나가서 선곡한 적이 있다. 멘델스존의 무언가 12번 올림
F단조(op. 30-6). '무언가無言歌'라는 제목처럼 가사가 없는
데도 꼭 가사가 있는 듯이 들리는 노래로, 멘델스존 스스로
〈베네치아의 뱃노래〉라는 제목을 붙인 곡이다. 앨범 구성
을 하면서 '데뷔' 음반인 점을 고려하여 사람들이 부담 없이
쉽게 들을 수 있는 몇몇 곡들을 포함시켰는데 이 곡도 그중
하나였다. 그 옛날에 친 곡을 들으며 여러 가지 생각이 맴
돌았다.

'표현을 한다면서 왜 이 정도밖에 하지 못했을까.'

'참 또박또박 열심히 음표를 따라 치고 있구나.'

젊은 연주자 특유의 설익은 맛으로 봐주는 것도 정도가 있지. 이번처럼 방송에 나가서 누군가와 함께 들어야 하는 상황이라도 생기면, 다른 사람은 너무 좋다며 집중해서 감상하는데 나는 쥐구멍에라도 숨고 싶은 처지가 되는 것이다.

데뷔 음반을 녹음한 것은 이제 사반세기도 전인 1997년 7월 런던 헨리 우드 홀에서였다. 1997년이라…… 어쩌면 내 음악 연대기를 쭉 따라가며 추억할 때 살짝 고개가 갸우뚱해지는 시기였을지도 모르겠다. 변화경 선생님과 러셀 셔먼 선생님에게 사사하면서 그들이 툭툭 던지는 가벼운 말조차 금과옥조처럼 여겨온 것이 어언 사십 년이지만, 그들에게서 살짝 엇나가려는 기미를 보였던 시절이 한 번도 없었던 것은 아니다.

1994년 차이콥스키 국제 콩쿠르에서 1위 없는 3위를 수상하면서 나는 1995년 이탈리아의 코모호湖에 있는 국제 피아노 재단으로부터 학생 자격으로 초청을 받았다. 근간에 열린 국제 콩쿠르에서 입상한 다섯 명의 수상자를 학생으로 데려오고, 당대에 손꼽히는 유명 피아니스트를 스승으로 모셔와 일 년 동안 머물며 피아노 캠프를 가지는 프로그램이었다. 초청받았을 당시에 나는 서울대 음대 교수로 임용된 지 얼마 되지 않았을 때였다. 그러나 교수로만 눌러앉기에는 너무나 젊은 나이였고, 또 학교 측에서도 임용과 동시에 휴직을 하는 것은 학칙에 어긋나지만 연주와 음악 활동을 병행하면서 시간 나는 대로 학생들을 가르쳐달라며 편의를 봐주어서 부담 없이 휴직계를 낼 수 있었다.

애초에 코모호로의 초청은 '초청'이라 할 수 없었다. 초청이라면 부름을 받은 사람이 갈지 안 갈지 고민할 여지를 주어야 하지 않는가.

칼 울리히 슈나벨, 로절린 투렉, 알리시아 데라로차, 레온 플라이셔, 알렉시 바이센베르크, 드미트리 바시키로프, 푸총, 마르타 아르헤리치, 머리 페라이아······ 그 이름을 나열하는 것만도 가슴이 웅장해지는 이 거인들이 코모호에 가면 내가 만날 수 있는 지도자들이었다. 감히 이들과 실제로 만나는 일도 손이 다 부르르 떨리는 일인데 같은 공간에서 숨 쉬며 피아노를 칠 수 있다니. 풋내기 피아니스트에게 이것은 초청이 아니라 명령이나 마찬가지였다. 당대의 유명 피아니스트를 다 모아두었다고 해도 과언이 아니었다.

지금 이 글을 읽는 이들 중 코모호라는 곳이 생소한 사람이 있다면, 인터넷에서 '코모호' 또는 '레이크 코모Lake Como' 등을 검색해서 한번 그 풍광을 살펴보기를 권한다. 그러한 절경의 장소에 머무는데, 숙박과 식사 등 모든 것이

공짜로 주어진다. 게다가 함께하는 사람들은 내가 어릴 적부터 음반이나 책으로만 만나왔던 세계 최고의 연주자들이다. 나는 여기에 돈을 내가며 지원하거나 누구한테 겨우겨우 부탁해서 오지도 않았다. 그들이 나를 부른 것이다. 마치 "너도 이제 저들처럼 될 수 있어"라고 하듯이. 삼십대 초반에 이제 막 가능성을 꽃피우던 내가 아름다운 이탈리아의 돌산을 오르내리며 어찌 취하지 않을 수 있었을까. 내 가슴을 더할 수 없을 정도로 부풀게 만든 것은 이뿐만이 아니었다.

위인을 마주한 얼떨떨함도 잠시, 나는 그들 앞에서 연주를 시작했다. 떨리는 마음을 억누르며 그들이 요구한 곡의 연주를 마쳤고 거인들의 반응을 기다렸다. 손가락 운동을 하느냐느니, 무슨 5학년보다 못 친다느니, 셔먼과 변화경 선생님의 냉소적인 쓴소리에 익숙해질 대로 익숙해진 나였지만 특히 긴장되는 순간이었다. 아무리 가슴 아픈 비평이 날아와도 달게 받으리라, 어떤 기분 나쁜 말에도 이 거인들을 향한 존경과 찬양을 거두지는 않으리라, 하며 각오했다. 하지만 나의 새로운 스승들은 나의 각오가 무색하도록, 내게 칭찬 세례를 퍼부었다. 하라는 대로만 한 것뿐인데 존경하는 위인들에게서 거대한 칭찬의 파도가 돌아오니 정신이 혼미해질 정도였다. 창밖으로는 여전히 코모호의 절경이 펼쳐져 있고, 나는 잠시나마 내가 피아니스트의 천국에 와 있는 것은 아닌지 의심했다.

칭찬도 줄곧 받아오던 사람이 자연스럽고 현명하게 대처하는 것이지, 그러지 못한 사람은 그 달콤한 말의 습격에 제정신을 유지하기가 힘들다. 어릴 적 부모님, 특히 아버지한테서 당해온 야단과 수모, 그리고 셔먼 선생님에게 받던 재치 넘치는 쓴소리에나 익숙해져 있던 나 아니었던가. 처음에는 몸 둘 바를 모르다가 그들이 계속적인 칭찬을 해줄 때마다 점점 어깨가 으쓱하며 올라가기 시작했다. 늘 칭찬에 야박한 환경에 있다가 이제 고삐가 풀린 것처럼 자꾸만 들뜨는 마음을 주체할 수 없었다.

'내 연주가 틀린 게 아니었어.'

이 천재들이 잘한다고 하면 그것은 정말로 잘하는 것이다. 나는 칭찬의 달콤함과 코모호의 장관 앞에서 거의 생애 처음으로 느끼는 듯한 자신감을 만끽했다. 그리고 거인들의 가르침에 따라 내 연주를 조금씩 바꾸어갔다.

몇 년째 피아노 캠프에 참가하던 중 미국을 방문했을 때 나는 가장 먼저 변화경과 셔먼 선생님에게 향했다. 발전된 내 연주를 선생님들에게 가장 먼저 들려주고 싶었다. 이것이 세계가 인정한 아름다움이라고. 당신들의 제자가 이렇게까지 높은 수준에 올라섰다고. 두 선생님이 어떤 반응을 보일지를 생각하니 마음이 한껏 들떴다.

선생님 댁으로 가서 이탈리아에서 갈고닦은 곡을 연주했다. 코모호에서 거인들에게 배웠던 그대로, 실수 하나 없는 매끈한 연주였다. 이제 어디 한번 달콤한 말들을 어색하게 쏟아내 보시지.

그러자 셔먼 선생님은 재미있는 코미디를 본 것처럼 깔깔 헛웃음을 치기 시작했다. 이제 자기가 가르칠 것이 없어 기특하고 허탈해서 웃는 건가? 그렇다고 하기에는 열다섯 살 적 첫 만남의 트라우마를 건드리는 웃음이었다. 선생님은 말했다.

"여봐, 음악은 살아 있어야지."

나는 온몸이 얼어붙었다. 도대체 뭐가 문제일까. 어떤 소리가 잘못됐다는 거지. 이탈리아에서 호평을 받았던 그때의 연주와 달라진 것은 없었다.

"악보에 쓰여 있는 대로만 치니 음악이 살아나지 않잖아."

이게 어떤 사람들한테 칭찬을 받은 연주인지 상황 파악을 할 수 있도록 한번 이름들을 읊어드려야 하나? '뭐야, 왜 저래?' 하는 마음으로 변화경 선생님에게 고개를 돌렸다.

"너 지금 뭐 하니? 따닥따닥 다 끊어진다, 애."

"네?"

나는 말을 잇지 못했다. 건반 위에서 실수는 없었고 음이 끊기거나 하는 것도 없었다.

"처음부터 끝까지 한 음절도 제대로 이어지지가 않잖아."

변 선생님은 나를 보고는 다시금 말했다. 뭐가 이어지지 않고, 뭐가 살아 있지 않다는 거지? 속으로 무엇이 문제일까 생각했다. 그때, 이탈리아에서 들었던 달콤한 말들이 떠오르면서 혹시 내 선생님들의 문제는 아닐까 하는 마음도 슬며시 고개를 내밀었다.

'우리 선생님들이 세계적으로 뭘 선호하는지 모르는구나.'

선생님의 말은 몇 마디 더 이어졌는데 더이상 내 귀엔 아무것도 들리지 않았다. 코모호에서 들은 아름다운 칭찬의 말들로 내 귀를 가로막았다. 나는 이미 세계에서 손꼽히는 거인들에게 인정받은 내 연주를 의심하고 싶지 않았다. 이게 어디서 어떻게 얻은 자신감인데. 나는 내 연주에 어떠한 의심도 없이 곧 있을 연주회를 준비했다. 음악적으로 몇 단계는 더 나아간 내 실력을 음악계와 대중에게 증명할 중요한 자리인 만큼 심리적 타격을 받을 새가 없었다.

1998년 11월 14일, 워싱턴 케네디 센터의 테라스 극장에서 세종솔로이스츠와 모차르트 피아노 협주곡을 협연하는 무대였다. 단원들과의 호흡도 더할 나위 없이 좋다고 느껴졌다. 자신 있는 곡들이었고 나 스스로도 내 인생의 어느 때보다 자신감이 넘치던 시기였던 만큼 뜨거운 연주를 펼치며 곡을 끝냈다.

즉각적인 반응을 받는 것이 무대예술의 묘미이다. 공연을 잘했는지 못했는지, 즉 그날의 관객에게 깊은 감흥과 감동을 전달하였는지 아닌지를 연주자는 연주가 끝나자마자 결과를 알 수 있다. 그날 나는 마지막 음을 끝내고 손을 들어올리자마자 알았다. 오늘 연주를 망쳤다는 사실을. 당연히 현장은 모든 사람들이 치는 박수 소리로 시끄러웠지만, 그 갈채 중 감동이 담긴 것은 하나도 들려오지 않았고 심지어 그 박수 소리마저도 대단히 오래가지 않았다. 나는 관객들에게 웃으며 인사하고 뒤돌아 나오면서 드디어 문제를 인식하기 시작했다. 두 선생님의 지적에서 끝나는 문제가 아니었다. 이 많은 사람들이 나의 연주가 어딘가 부족하다는 것을 알아차렸다.

워싱턴에서 돌아와 내 연주를 듣고 또 들었다. 그러나 무엇이 문제인지 내 귀에는 정확히 들리지 않았다. 그동안 펼쳐온 나름 성공적이었던 연주들과 무엇이 다른 거지? 그냥 악보만 보고 따라 친 것은 결코 아니었다. 평소처럼 작곡의 배경, 당시의 역사를 조사하고 곡의 의미를 탐구하는 것도 게을리 하지 않았다. 나는 다시 선생님을 찾아갈 수밖에 없었다.

"도대체 뭐가 문제일까요?"

변화경 선생님 앞에서 한 번 더 연주를 하며 물었다. 서른을 훌쩍 남긴 나이에 아이처럼 울먹거렸다. 심각한 나의 얼굴과는 달리 선생은 온순한 얼굴로 나를 바라보았다. 그러고는 다정하고도 또박또박한 목소리로 말해주었다.

"내가 들어도 정리 정돈이 참 잘되긴 했어. 그렇지만 거기서 끝이라는 게 문제야. 음악이 살아 있지 않으면 사람들에게 절대 감흥을 줄 수 없어."

선생님의 가르침은 계속 이어졌다. 다행히도 이번에는 일찍이 내 귀를 가로막던 칭찬과 자신감이 저 멀리 사라져버린 뒤였다.

"네가 피아노로 무슨 이야기를 하고 싶은지 모르겠어. 또박또박 글을 읽는다고 해서 책을 읽는 게 아니잖니. 의미가 전해지지 않는데. 음악에 너 자신을 담지 않을 거면 뭐 하러 굳이 네가 연주를 하니? 남들하고 똑같이 치는데 말이야."

나는 다시 어리고 어리석은 제자로 돌아가 있었다. '살아 있는 음악과 죽어 있는 음악'이라는 것. 돌이켜 보면 나는 절대 그것을 모르지 않았다. 아주 옛날 셔면 선생님의 리스트 연주를 처음 들었을 때 나는 분명 음악이 이처럼 살아 있을 수도 있구나, 하는 것을 느꼈다.

연주가 막 시작되었을 때는 '왜 팔을 저렇게 떨지?', '잘

치는 거 맞아?', '너무 표현이 과장된 것 아닐까?' 하고 의
아해했다가, 이내 음악이 진행되면서 우르릉우르릉 천둥이
치는 구름 밑에서 울퉁불퉁하고 험준한 산을 등정하는 기분
을 느꼈다. 저 연주, 그리고 저 연주자를 어느 카테고리에
넣어야 할까? 십대 중반의 어린 나이였던 나는 그것이 무
엇인지는 이해할 수 없었지만 저 사람이 지금 대단한 것을
하고 있다는 것은 알았다. 마치 영혼의 노래라고 할까. 깨
끗하고 반드르르하게 정리 정돈되고 잘 포장되어야 잘 치
는 것이라는 편견이 단번에 부서지는 순간이었다. 아니, 애
초에 '잘 친다'라는 말은 그 연주에 적절하지 않은 표현이었
다. 사람의 감정과 보이지 않는 영혼을 자극하는, 다른 어
떤 연주자도 건드리지 않은 부분을 건드리는 이상한 것. 그
야말로 살아 있는 음악이었다.

변화경 선생님에게 조언을 얻고 돌아가 나의 연주를 다
시 몇 번을 돌려가며 들었다. 처음 연주를 들었을 때는 알
지 못했지만, 계속해서 들으니 그 문제를 알 수 있었다. 피
아노란 내려치는 것이다. 손가락으로 건반을 땅 하고 치는
순간부터 소리가 서서히 죽어가는 것이 피아노의 기본 속성
이다. 각기 다른 건반들을 하나씩 치는데 이 음들이 하나로
이어진다는 것은 사실상 불가능하다. 그렇지만 연주자가 어
떻게 터치하느냐에 따라 죽어가는 음들이 살아 있는 것처럼

'느끼게' 할 수 있는 것이 또 피아노의 재미있는 속성이다. 나는 이 점을 생각하지 않은 채 치고 있었고, 그래서 너무 깔끔하게 붙잡힌 음들이 부러진 나뭇가지처럼 이어지지 않고 있었다.

선생님의 조언을 곱씹으며 나는 살아 있는 연주가 무엇인지, 그리고 그것이 얼마나 중요한 것인지를 다시금 생각하게 되었다. 깔끔한 연주는 아무리 현란한 기교로 포장하더라도 그 순간에만 즐길 수 있는 엔터테인먼트가 될 뿐, 오래 여운을 남기는 연주가 될 수 없다. 사람들의 기억에 오랫동안 흔적을 남기는 연주가 가져야 할 것은 결국 '목소리'이다. 연주에서 가장 중요한 것은 내가 어떤 목소리를 가지느냐이다. 여운을 남기는 목소리를 들은 사람은 그걸 잊지 못하고 계속 그 소리를 찾아다니게 되어 있다. 셔먼 선생님의 연주가 내 기억 속에서 여전히 강렬하게 남아 있는 것처럼.

잃어버린 예전의 소리를 찾기 위한 연습은, 없었던 소리를 찾아가는 연습보다도 더 오랜 시간이 걸렸다. 변화경 선생님과 러셀 셔먼 선생님의 세계에서 십여 년이라는 긴 시간 동안 연습과 연마를 해서 그런지, 바깥세상이 궁금했고 실제로도 살짝 기웃거리곤 했던 나는 결국 다시 그들의 음악 세계로 돌아왔다. 두 선생님들이 세계에서 정말 몇 안

될 정도로 음악을 제대로 살리는 사람이라는 것도 새삼스럽게 깨닫게 된 사실이었다.

돌아도 되지 않을 한 바퀴를 괜히 돌고 온 기분이지만 나름 건강한 의심이었다고도 생각한다. 내가 가지고 있는 것만이 유일무이한 것이라고 생각한다면, 거둘 수 없는 의심이 찾아왔을 때 그 하나의 성이 완전히 무너질 수도 있는일 아닌가. 연주자에겐 자기 것에 대한 고집도 필요하지만그에 대한 의심도 함께 필요하다. 피아노를 친 지 이제 오십 년이 되었건 말건 계속 고집부리고 계속 의심할 생각이다. 그리고 그 중심에는 늘 소리의 입체화와 표현에 대한고민이 자리했으면 좋겠다.

어느 축축한 날의
광시곡

레옹 스필리아르트, 「오스탕드의 왕립 미술관」, 1905년

피아노를 한참 배우던 초등학생 시절에 엄마는 의외의
사실 하나를 들려주었다. 실은 엄마도 어릴 적에 외할머니
가 시켜서 피아노를 꽤 배웠었다는 이야기였다. 아버지처럼
그냥 어려서부터 쭉 공부를 잘해서 의대에 들어가 의사를
하게 된 줄 알았는데 그게 아니었다. 생각지도 못한 이야기
를 듣고 꼬치꼬치 캐물어 보니 그냥 적당히 피아노 학원에
다녀본 수준이 아니라, 엄마에게도 한때 피아니스트를 꿈꾸
던 시절이 있었다.

　엄마가 피아노를 그만둔 것은 무대에 올라가고 난 뒤였
다. 그냥 연습할 때는 분명 잘 쳐서 아무런 문제가 없었는
데, 무대에 올라가니 가슴이 쿵쾅거리고 손이 떨려서 엉망
진창인 연주를 하고 내려왔다고 한다. 그런 일이 몇 차례
있은 뒤에 엄마는 더이상 피아노를 치고 싶지 않아졌고, 외
할머니도 무대 체질이 아닌 딸에게 차마 계속 피아노를 강
요할 수 없었다. 엄마는 당연히 자신의 딸인 나도 무대 위

에서 떨지 않을까 걱정했었는데, 다행히도 그쪽은 배짱 좋은 아버지를 닮은 것 같다나. 그래서 안심하고 계속 피아노를 시킬 수 있었다고 한다.

한 번이라도 무대 위에 올라가 본 경험이 있는 사람이라면 알 것이다. 청중들이 자신을 둘러싸고 지켜보는 가운데서 준비한 퍼포먼스를 펼쳐 보이는 것은 어마어마하게 힘든 일이란 것을. 무대공포증이 있는 사람이라면 사실상 피아니스트가 되기가 어렵다. 거장 블라디미르 호로비츠도 무대공포증으로 고생하며 한동안 휴식기를 가졌다고 하지 않던가. 심지어 공포증이 없어도 마찬가지라서, 엄마처럼 엄청나게 가슴이 뛰거나 손이 떨리는 것도 아닌데 무대에서 본인의 실력을 충분히 발휘하지 못하는 연주자도 있다. 엄마의 말처럼 나는 아빠의 배짱을 어느 정도 물려받은 것 같기는 하지만, 그래도 긴장을 하지 않거나 안심한 채로 무대에 오르는 것은 아니다. 지금도 무대에 오르기 전에는 반드시 철저한 루틴을 거쳐야만 아무런 징크스 없이 멀쩡한 상태로 관객 앞에 설 수 있다.

내 입으로 말하기가 참 민망하지만 몇몇 음악 관계자들이 나를 '백설공주'라는 별명으로 부른다는 이야기를 들은 적이 있다. '공주'와는 한참 거리가 먼 나를 두고 그런 별명이 붙은 것은 오로지 연주 전에 낮잠을 자는 습관 때문이다.

대략 한 시간 반 동안 독주를 한다는 것은 정신력은 물론이고 대단한 체력을 소모하는 일이다. 곡에 따라서는 땀으로 옷이 흠뻑 젖을 정도로 진을 빼는 연주를 해야 할 때도 있는데, 잠을 자지 않고서 연주했을 때마다 체력이 바닥나서 몽롱해지는 상태를 몇 번인가 경험했다. 그뒤로 연주가 있는 날이면 한 시간은 낮잠을 자는 것을 루틴으로 삼았다. 보통 연주회는 일고여덟 시에 하는 경우가 많은데, 낮 한시쯤까지 리허설을 한다면 점심을 먹고 두세 시부터는 대기실 안에서 방문을 잠그거나 가까운 숙소로 이동해서 잠을 자고 말끔한 상태로 깨어난다.

일어난 다음에 샤워를 하는 것도 연주 전에 반드시 치러야 하는 일과다. 만약 대기실에서 잤는데 공연장에 샤워 시설이 없다면 공중목욕탕에라도 기어코 간다. 무슨 목욕재계를 하는 분위기로 의식을 치르듯 하는 것은 아니다. 그저 나의 컨디션을 최상의 상태로 끌어올리기 위해서 하는, 경험에 따라 쌓인 루틴이다.

연주를 바로 앞두고 대기실에서는 에세이나 시집을 읽는다. 옥타비오 파스나 윌리엄 버틀러 예이츠, 엘리자베스 비숍, 알렉산드르 푸시킨이 내가 즐겨 읽는 시인들이다. 곧 연주할 곡들과 맞아떨어지는 글을 의식적으로 읽을 때도 있다. 이때 너무 감정을 건드리는 글을 읽어서도 곤란하다.

무대를 앞두고 있는 만큼, 풍경을 이야기하여 마음의 안정을 찾을 수 있거나 머릿속에 새로운 영감을 던져주는 글이 좋다.

이것은 러셀 셔먼 선생님을 보며 생긴 습관이다. 아니, 어쩌면 저절로 '생겼다'라기보다는 내가 일부러 '만든' 습관이라고 해야 할지도 모르겠다. 좋은 선생님을 만나면 그대로 따라 하고 싶어지는 법이다. 늘 책을 가까이 하던 선생님을 따라서 의식적으로 이 습관을 들였다.

이처럼 반드시 하는 류의 루틴이 있다면, 반드시 하지 않는 류의 루틴도 있다. 가령 연주가 있기 전에는 시끄러운 장소에 절대 가지 않는다. 귀를 극도로 예민하게 유지해야 하는 시기에 내 귀를 괴롭히는 행동은 무조건 피해야 한다. 사실 이제는 연주를 앞뒀을 때만이 아니라 일상생활에서도 다르지 않게 행동하게 되었다. 점점 내 귀에 피로감을 안기는 곳을 평소에도 피하게 되어서, 식당에 들어갔는데 만약 음악이 시끄럽다면 바로 뒤돌아서 식당 문을 열고 나간다. 누군가와 동행했다면 민망해서 머리를 긁적이며 말하곤 한다.

"연주자라고 같이 밥 먹는 것도 피곤하게 하지요."

그리고 또하나의 중요한 금기가 있다. 연주 전에는 어떠한 감정도 나에게 개입하지 않도록 하기 위해 사람을 만나지 않는다. 그 상대에 예외란 없다. 냉정한 엄마라고 할지도 모르지만 연주를 스물네 시간 앞두었을 때부터는 내 아이들조차 만나지 않는다. 지금이야 다 자란 이십대의 아들딸이니 굳이 엄마를 찾지도 않으나, 어렸을 때는 그 하루 동안 엄마의 부재에서 오는 외로움을 아이들이 어떻게 감당했을까 싶다. 아마도 본인들이 학창시절에 몸소 몇 차례의 연주를 경험해 보고 무대를 앞둔 연주자의 감정을 느껴보면서 조금씩 엄마의 냉정함을 이해하게 된 듯하다.

지금은 철칙으로서 엄격하게 지키는 이 금기에도 단 한 번 예외를 둔 적이 있었다. 2010년 8월, 나는 베이징 국제음악 페스티벌 무대에 서기 위해 베이징의 어느 호텔 방에서 묵고 있었다. 아직 완전히 가시지 않은 더위가 창틈으로 들어왔고, 비가 올 것처럼 축축한 습기가 공기 중에 감돌았다. 그리고 내 옆에는 어린 두 아이들이 함께 있었다.

보통 해외 공연이 있을 때면 주변의 도움을 받아 아이들을 맡기고 가곤 했는데, 그때는 마침 아이들이 학교에서 중국과 관련한 프로젝트를 과제로 받아온 참이었다. 아이들 과제에 큰 도움이 될 것 같고 사 년에 걸쳐 매년 참여해 온 익숙한 페스티벌이어서, 별문제 있겠느냐는 마음으로 같이 베이징으로 날아왔다.

아이들은 모처럼 엄마와 해외여행을 온 기분이었는지 들

171

뜬 기색이 역력했고, 그런 모습을 보니 나도 괜히 미안한 마음이 들어 아이들의 기분을 망치고 싶지 않았다. 연습에 방해가 되지 않는 선에서 가까운 곳에 다녀오기도 하고 중국 현지 음식을 먹으러 다니기도 했다. 그런 즐거운 시간이 며칠 이어졌으니 이 해외 공연을 위한 방문이 마치 해외여행인 듯 느껴진 것도 당연하리라. 무대를 하루 앞두고 여덟 살의 딸은 나에게 한 번도 해본 적 없는 질문을 꺼냈다.

"엄마, 이번 무대에 한 번만 같이 가면 안 돼?"

오래된 철칙이 무너질 수밖에 없는 한마디였다. 그때 아이들의 나이는 첫째가 열 살, 둘째가 여덟 살이었다. 그 어린 나이에 연습과 무대를 한다며 항상 집을 비우는 엄마를 누구보다 잘 이해해 주다가 이번에야 처음 뱉은 그 부탁을 나는 거절할 수 없었다. 그리고 분명 어리기는 하지만, 동시에 이제는 엄마의 연주를 위해 어느 정도는 스스로를 통제할 수 있는 나이가 아닐까, 하는 생각이 스치기도 했다. 칼같이 지켜오던 원칙이지만 특별히 이번 한 번만 예외를 둬도 괜찮지 않을까. 어머니의 이름으로.

사람을 만나지 않는다는 철칙은 무너뜨렸지만 반드시 해야 하는 일을 건너뛸 생각은 전혀 없었다. 최고의 컨디션을 위해서는 낮잠을 자야 하기에 아이들에게 엄마는 자겠다 말하고 침대에 누웠다. 그러나 그 나이의 아이들을 우습게 본 것이었다. 엄마가 잔다고 해서 같이 잘 리가 없었고, 심지어 조용히 있을 생각도 없었다. 아들과 딸은 끊임없이 조잘거리면서 창밖으로 희한한 거라도 보이면 나를 깨우며 저게 뭐냐며 물어봤다. 계속 루틴을 지켜오면서 억지로라도 잠드는 데 선수가 된 나였지만, 그날은 침대에 한 시간 반쯤을 누워 있었으나 결국 한숨도 잠을 이루지 못했다. 얄궂은 점은, 잠 못 드는 내 옆에서 그렇게 잔뜩 떠들던 아들딸은 어느새 아주 맛있게 단잠을 잤다는 것이다.

낮잠은 망쳤지만 그다음의 과제인 샤워라도 지켜야 했다. 별수 없이 일어나 샤워실에 들어갔더니 아이들이 따라 들어왔다. 순전히 재미로 씻으려는 것 같기는 했지만 제 몸이 더러우니 씻겨 달라는 아이들을 제지할 수는 없었다. 그렇게 셋이서 같이 씻는 데 한 시간은 걸렸나 보다.

씻고 나왔더니 이번에는 입히는 옷마다 싫다며 떼를 쓰는 것이다. 오랜만에 엄마가 연주하는 데를 가니까 차려 입고 싶었는지, 옷을 입었다 벗었다 열 번을 반복했다. 침대 위로 옷들이 수북이 쌓이고 패션쇼를 반복한 끝에 겨우겨우 의상이 정해졌다. 그때 불안한 마음으로 시계를 보니 일곱 시. 원래대로라면 공연장에 도착했어야 할 시각이었고 공연을 삼십 분 남기고 있었다.

불운은 꼭 한꺼번에 찾아온다. 마치 언제 들이닥칠지 계

173

속 지켜보며 기다렸다가 뭐가 잘 안 풀리는 날임을 확인하고 '바로 이때다' 하고 기습하는 것처럼. 양손에 아이들의 손을 하나씩 잡고 헐레벌떡 호텔 밖으로 빠져나오니 그야말로 억수같이 비가 내리고 있었다. 머릿속이 백지장처럼 하얘지는 순간이었다.

'제시간에 무대에 오를 수 있을까' 하는 의문보다 '이대로라면 아예 무대에도 오르지 못하는 초유의 사태가 벌어지겠구나' 하는 불안이 커져만 갔다. 택시도 잡히지 않자 불안은 이내 공황이 되어 그냥 다 포기하고 도망쳐 버릴까, 하는 생각마저 들었다. 나는 미친 사람처럼 길을 막 뛰어다녔고 그렇게 몇 분을 헤매다가 건너편에서 빨간 마차를 달고 있는 검은 자전거를 발견했다. 인력거였다. 나는 빗속에서 손을 흔들며 소리쳤다.

"여기요, 여기!"

거리가 멀었지만 인력거꾼은 나를 알아봤고 의아해하며 쳐다보았다. 비가 이렇게 마구 쏟아지는데 지붕도 허술한 인력거를 타겠다고 부르는 사람은 좀처럼 없을 테니까. 나는 목소리를 쥐어짰다.

"여기 와주세요, 제발!"

인력거꾼은 내 다급한 모습과 행색을 보고선 나와 아이들을 태우더니 전속력으로 페달을 밟았다. 머리 위로 빨간

천막으로 된 지붕이 달려 있었지만 앞이 뚫려 있어 이렇게 비가 오는 날에는 아무런 역할을 하지 못하는 지붕이었다. 인력거가 빨리 달릴수록 우리의 얼굴과 몸으로 더 많은 비가 퍼부었다. 이 인력거 지붕처럼 조금 전 숙소에서 우리가 한 샤워의 의미도 완전히 사라졌다. 나는 가방 속의 드레스라도 이 비로부터 지키려는 마음으로 가방을 꼭 감싸 안았다.

공연장에 도착하자마자 내 모습에 몹시 당황하던 지인에게 두 아이를 맡기고 대기실로 향했다. 수건으로 대충 몸을 닦고서 다행히도 여전히 보송보송했던 연주복으로 갈아입었다. 숨이 가빠 헉헉거렸고 시간이 없어 화장은 건너뛰었다. 아니, 화장까지는 바라지도 않으니, 잠깐 호흡을 달랠 시간이라도 있었다면 그나마 다행이었을 것이다. 무대에 올라 인사하고 의자에 앉아 연주를 시작할 때까지도 이마에 땀이 맺혀 있었고 숨도 제대로 고르지 못했다. 공연장에 도착해서 무대에 오르기까지 오 분도 채 걸리지 않았을 테니 어쩌면 당연한 일이었다.

내가 연주할 곡은 리스트의 헝가리 광시곡 2번. 리스트가 자신의 조국인 헝가리에 대한 향수를 담아 헝가리 집시들의 민속 춤곡 '차르다시'를 소재로 하여 만든 곡이다. 애니메이션 〈톰과 제리〉에도 삽입되었을 만큼 대중적으로 잘 알려진 곡을 연주하는 셈이었다. 자, 그날 나는 어떤 연주를 선보

175

였을까?

앞에서 이야기한 1991년 퀸 엘리자베스 콩쿠르에서 나는 최악의 컨디션 속에서도 무대에 올라 신선도과 집중도를 높여서 내가 할 수 있는 최선의 연주를 펼쳐 보인 경험이 있었다. 내가 가진 능력보다 조금이라도 더한 것을 무대 위에서 나오도록 하는 것이 (엄마에겐 없었지만) 내가 가진 재능이었으니까. '나 어떡하지, 큰일났다, 난 죽었다' 하다가도 무대 위 마지막 순간에 치고 올라오는 것. 절벽 끝에 몰린 기사가 마지막 힘을 끄집어내 칼을 휘두르는 느낌이랄까.

하지만 그것도 적당히 감당할 수 있는 컨디션일 때의 이야기다. 무대에 오를 자세나 태도나 준비가 되어 있지 않은 상황에서, 내가 마련한 것보다 더 나은 것이 무대 위에서 튀어나오리라 기대하는 것은 막연히 요행수를 바라는 것과 마찬가지이다.

그날 나는 내 경력을 통틀어 최악에 해당하는 연주를 선보였다. 최대한의 집중력을 동원해서 연주를 해나갔지만 중간중간에 감정선이 끊어지는 것을 막지 못했다. 수많은 연습으로 쌓아올린 실력도 준비되지 않는 자세 위에서는 모래 위의 성처럼 무너져 내렸다. 최악에서 최선을 다해본들 최악이긴 매한가지였다. 흩어지는 집중력을 총동원해서 붙잡았지만, 거센 비가 들이닥치는 인력거 의자 위처럼 지금 이

의자 위에서도 눈앞은 뿌옇게 흐려 보일 뿐이었다.

그 최악의 연주 중에서도 최악은, 곡을 끝내야 하는 지점에서 다시 곡 중간으로 돌아가 버린 것이었다. 어디로 돌아갔는지도 몰라서 그뒤로는 여기도 쳤다가 저기도 쳤다가 했던 것 같다. 정신이 혼미해지는 순간이었다. "저 사람 곡을 다시 치네" 하는 듯한 웅성거림도 왠지 일었던 것 같다.

어찌어찌 연주를 끝마치기는 했는데, 관객들에게 미소 지으며 인사하는 것이 그렇게 민망했던 적은 처음이었다. 박수갈채를 받을 연주가 결코 아님을 나 스스로 알았기에, 교양 없는 연주자에게도 최소한의 박수는 쳐주는 교양을 갖춘 청중들을 차마 보기가 힘들어서 눈을 멍하게 뜨고 누구와도 눈을 마주치지 않았다. 말했듯이 사 년째 매년 참가하던 페스티벌이었고, 헝가리 광시곡 2번이라 하면 누구나 내 실수를 알아차릴 수 있는 대중적인 음악이었다. 아마 한 해 전의 나를 기억하는 관객이라면 "저 여자 그새 왜 저렇게 됐대" 하고 흉을 봤으리라.

잠시 후 대기실로 아이들이 찾아왔다. 둘이 나란히 서서 곧 울음을 터뜨릴 것만 같은 얼굴들을 하고 있었다. 아이들도 잘 아는 곡이었고, 내가 준비하던 것을 내내 들어왔던 만큼 내 연주가 얼마나 잘못됐는지를 누구보다 잘 알았을 것이다.

"엄마, 너무 미안해."

"이제부터 엄마 연주 절대 안 따라올게."

미안해하는 심정은 이해됐지만 아이들을 비난할 수는 없었다. 잘못은 전적으로 나한테 있었으니까. 내가 연주자로서 무대 전에 반드시 지키기로 마음먹은 약속을 지키지 못했다. 내가 엄마로서의 역할과 연주자로서의 역할을 구분하여 수행하지 못했다.

그 일이 있은 뒤로 아이들과 나의 무대에 함께 가는 일은 한 번도 없었다. 자기들끼리 따로 오는 것은 막을 수 없었지만 동행하는 일은 결코 없었고 아이들도 그걸 바라지 않았다. 한번은 링컨센터의 앨리스 툴리 홀에서 독주회를 했었는데, 그 자리에 왔는지도 몰랐던 아들이 무대가 끝나고 함께 음악을 배우는 학교 친구들과 모여 대기실로 찾아왔다. 일부러 찾아왔으면서 왜 미리 엄마를 만나러 오지 않았느냐는 말에 아들은 말했다. "엄마, 몰래 다녀와 보긴 했는데 어차피 엄마는 연습실에서 나오지도 않았어"라고. 그 말에는 어떠한 서운함도 담겨 있지 않았다.

만약 2010년 8월 베이징에서의 내 연주를 듣고 나에 대한 판단을 내린 청중이 있다면 나는 그분께 어떠한 변명도 하지 못할 것이다. "제가 원래 이런 사람이 아닌데……" 하며 변명하는 것은 피아니스트로 먹고사는 사람이 할 짓이 아니니까.

이미 이야기했듯이 음악 연주는 시간 예술이다. 이 세상에 단 한 번 존재했다가 그 뒤로는 영영 사라지는 것이다. 연주를 망치고 나서 '다시는 이런 일이 없도록 잘하자' 굳게 다짐해도, 부족한 연주가 긍정적으로 기억될 리는 만무하고 청중이 낭비한 시간은 돌아오지 않는다. 다신 되돌릴 수 없는 시간 예술인 만큼 연주자는 각각의 연주마다 최고의 퍼포먼스를 선보일 수 있도록 철저히 준비해야 한다. 특히 경험에 의해 쌓아온 루틴을 지키는 데는 일말의 예외도 있어서는 안 된다. 혹시나 이 글을 읽는 분들 중에 그날의 헝가리 광시곡 2번을 들은 분이 있다면 한마디 변명도 달지 않은 채로 사과드리고 싶다.

죄송하게 생각합니다. 그런 연주를 해놓고 박수 받기가 얼마나 민망했는지 모릅니다.

아무런 성취 없는
하루에도

레옹 스필리아르트, 「나무들」, 1944년

음악 애호가뿐 아니라 대중에게도 이름을 알리는 젊은 연주자들을 보면서 흐뭇함과 함께 조금의 시샘도 느끼지 않는다고 한다면 아마도 거짓말일 것이다. 나도 그렇고, 비슷하거나 더 오래된 시기에 연주를 해온 동료나 선배 연주자들에게는 좀처럼 주어지지 않았던 환경이니까. 콩쿠르에서 입상하거나 세계적인 무대에 서더라도 그것은 어디까지나 음악계 안에서 벌어지는 일이었지, 지금처럼 대중적으로까지 뜨거운 열기를 일으키지는 못했던 것 같다.

　그래서인지 음악계의 아이돌을 바라보며 성장해 온 학생들을 만나면 그들에게서 하루빨리 성공하고 싶어하는 욕망을 자주 마주하게 된다. 자기 이름이 사람들의 입에서 오르내리기를, 스타가 되기를 기대하는 마음들. 그럴 때면 한참 나이 든 연주자인 나는 고리타분한 말을 건네곤 한다. 내실에 충실하자고. 인기는 실력과는 동떨어진 것이라고. 연주자가 밖에서 하는 이야기에 휘말리면 자기 안에서 무슨 이야기를 하고 있는지가 들리지 않는다고.

　내 앞에서는 고개를 끄덕이지만 그 말이 눈앞의 젊은 연주자에게 전혀 공감을 일으키지 못한다는 사실을 나는 잘 알고 있다. 그도 그럴 것이, 생각해 보면 연주자에게 인기라는 것은 늘 필요한 것이었다. 베토벤이라든지 슈베르트라든지 살아생전보다는 죽은 뒤 그다음 시대에 훨씬 인정을 받은 음악가들의 사례도 있지만, 그들은 연주자일 뿐 아니라 훌륭한 작곡가였다. 음악가 중에서도 연주자는 그 시대에 더 활짝 꽃필수록 연주할 수 있는 무대가 계속 생긴다. 그것도 그냥 무대가 아니라 점점 좋은 무대가 주어진다. 말하자면 연주자는 각광을 받아야 하는 직업인 것이다. 이런 점은 마치 연예인과도 같다. 그러니 되도록 빨리 성공하고 싶어 하며 내 조언을 귓등으로도 듣지 않는 젊은 연주자들의 마음을 나는 백번 이해한다.

　그러나 이것 하나만은 확실하다. '성공', '성취', '보람' 따위의 말들과 한참 거리가 먼 직업이 연주자라는 사실. 스포트라이트 아래에서 청중들에게 뜨거운 박수를 받는 모습만 떠올려서는 곤란하다. 그것은 말 그대로 잠깐일 뿐, 피아니스트의 진짜 삶은 끝없는 좌절의 반복으로 이루어져 있다.

　곡을 내 것으로 익히는 과정이 무난하게만 흘러간다면 무엇 하러 하루 열 시간의 연습을 하겠는가. 심지어 하루 열 시간 연습을 했는데도 한 발짝도 앞으로 나아가지 못할 때도 있다. 연주도 나름 '일'이고 '프로젝트'인데, 그런 관점에서 보면 이 얼마나 비생산적인 하루인가. 문제는 이런 날이 수두룩하다는 점이다.

내가 칠 곡을 남의 연주로 듣고 감명 받아 '이 대목은 나도 저런 식으로 소화해야겠다' 하고 생각했는데, 아무리 이런저런 방법으로 건반을 눌러봐도 기대하는 소리가 나오지 않을 때가 있다. 기교가 주는 어려움은 그나마 시간을 투여하고 악바리처럼 버티고 기다리면 언젠가 정복할 수 있다. 나에겐 백오십 번의 훈련법이 있지 않은가. 하지만 기교가 아닌 소리의 문제는 끝까지 극복되지 않을 때가 많다. 처음셔면 선생님의 리스트를 듣고 나의 연주로는 도저히 그 소리를 낼 수 없었을 때 내가 얼마나 큰 자괴감에 휩싸였던지, 결국 나는 지금까지도 그 곡을 연주하지 못한다.

이러니 어릴 적부터 피아노를 쳐오다가도 중간에 그만두고 다른 길로 향하는 사람이 많은 것도 당연하다. 연주만 하느라 그 바깥을 보지 못한 사람이 몰라서 그렇지, 세상에는 연주자보다 훨씬 안정된 삶의 질을 제공하는 직업이 많이 있다. 게다가 솔직히, 프로 연주자가 되겠다는 마음으로 훈련해 온 이 끈끈한 인내심을 발휘한다면 직업을 바꾸더라도 무슨 일인들 못 해낼까 싶다.

포기하거나 다른 길을 걷기로 한 동료들을 떠나보내면서도, 그들보다 실력이 뛰어나다고 할 수 없던 나는 어째서 포기하지 않고 지금까지 피아노를 칠 수 있었을까. 그 첫번째 이유는 방황할 때마다 나에게 옳은 길을 제시해 준 훌륭한 선생님들을 만났다는 행운이 주어졌기 때문이겠고, 두번째 이유는 나에게 연주 말고는 사람 노릇을 할 만한 대단한 재주가 없어서일 테고, 그리고 가장 중요한 세번째 이유는 머나먼 미국 땅에서 홀로 공부하다 보니 이 음악의 길이, 마치 더이상 내가 벗어날 수 없는, 말하자면 타고나거나 이미 주어진 운명처럼 느껴졌기 때문일 것이다.

실제로 나는 미국에서 살게 된 열네 살 즈음부터 이십대 후반이 되도록 거의 하루도 빠뜨리지 않고 일기를 써왔는데, 하루하루의 내용을 보면 당장 그날이라도 피아노를 접지 않은 것이 용할 정도이다. 그 기록들은 푸념, 외로움, 고민, 괴로움, 뒷담화, 질문으로 가득하다. 그 일기장이 과연 자아성찰의 흔적인지, 아니면 그저 힘듦을 토로하는 배출구였는지 모르겠다.

그중에는 이십대 중반에 처음 라흐마니노프를 연주했을 때의 기록도 있다. 하필이면 그중에서도 가장 현란하기로 유명해서(악명 높아서) "세상에서 라흐마니노프만이 연주할 수 있다"는 말까지 나도는 피아노 협주곡 3번이었다. 정말

로 진땀을 뺐던 기억이 지금까지도 생생하게 남아 있는 곡
이다.

순전히 힘들고 어려워서 이 곡은 못 할 것 같다고까지 생
각한 것은 내 피아노 인생에서 그때가 처음이었던 것 같다.
여기 솔직하게 나를 드러내는 이 글에도 옮겨오기가 민망해
서 그 생생한 푸념을 고스란히 싣지 못할 정도인데, 그중엔
내 성별을 핑계로 대는 구절도 있다. 이 곡을 칠 수 없는 것
은 순전히 내가 여자이기 때문이라고. 얄미운 라흐마니노프
가 남자 연주자나 칠 수 있는 곡을 쓴 거라고(혹시나 당시의
내가 조금이라도 덜 지질하게 느껴질 수 있도록 변명하자면, 라
흐마니노프의 피아노 협주곡 3번은 힘이 많이 들어가고 또 체력
을 많이 요하는 만큼 여성 피아니스트들은 이 곡을 피하는 게 좋
다는 말이 실제로 돌기는 한다).

다행히도 그 며칠을 이어가던 푸념과 원망과 자학은 한참
이 지나서 다짐으로 돌변하긴 했다. 그런 다짐은, 감당할 수
없을 만큼 힘든 곡을 칠 때면 으레 내가 나 자신을 향해 꺼내
들곤 하던 무기였다. 일기 속에서 나는 자신에게 말한다.

"이 곡을 하지 않으면 너는 피아니스트가 아니다. 이걸
하지 않고 스스로 피아니스트라고 말하는 것은 사기를 치는
거다. 하지 않을 거라면 그다음부터는 스스로를 피아니스트
라고 부르지 마라."

그래서, 나는 진정한 피아니스트로 거듭날 수 있었을까? 피아노 연주가 다짐처럼 쉽다면 얼마나 좋을까. 그 뒤로도 오랫동안 나는 라흐마니노프 피아노 협주곡 3번을 소화하지 못하는 사기꾼으로 존재했다. 스물아홉 살에 차이콥스키 콩쿠르를 준비하면서도 다시 그 곡을 붙잡고 연습했으나 콩쿠르에 도전하기에는 역부족임을 느끼고 쇼팽 피아노 협주곡 1번을 선택했다. 반면 함께 참가한 러시아의 니콜라이 루간스키는 영락없이 라흐마니노프를 선택했고 콩쿠르에서 1위 없는 2위를 차지했다. 나로서는 내 선택을 후회할 겨를이 없었다. 만약 내가 쇼팽 대신 라흐마니노프를 택했다면 입상 자체도 어려웠을 테니까.

"이 곡을 하지 않으면 너는 피아니스트가 아니다"라는 다짐은 그 뒤에도 그치지 않았다. 영영 사기꾼으로 남을 수는 없는 노릇 아닌가. 결국은 스스로에게 부끄럽지 않게 이 곡을 연주할 기회가 주어졌다. 2007년 5월, 미하일 플레트뇨프가 지휘하는 러시안 내셔널 오케스트라와 라흐마니노프 피아노 협주곡 3번을 협연하는 무대였다. 플레트뇨프라니, 라흐마니노프의 진수이자 완전판이라고 불리우는 거장 아니던가. 무려 그 천재 루간스키조차 그와 함께 라흐마니노프의 〈파가니니 주제에 의한 광시곡〉을 협연하면서 오케스트라 선율에 기가 눌리지 않으려고 쩔쩔매며 부단히 애쓰던 것을 내 눈으로 똑똑히 지켜본 바 있었다. 그런 무시무시한 거장과 네 차례나 순회공연을, 그것도 워낙 체력 소모가 커서 땀으로 몸이 흠뻑 젖는 곡으로 해야 한다니.

당시의 내가 거장 플레트뇨프의 마음을 완벽히 만족시킬 만한 연주자였다고는 감히 생각하지 않는다. 하지만 결과적으로 말하자면 청중들이 환호하고 평단도 만족하는 수준의 무대를 선보인 듯하다. 오케스트라의 선율에 녹아들면서도 내 피아노의 존재감을 꿋꿋이 유지했다. 말하자면 좀처럼 도달하기 어려운 수준의, 서로에게 협력적인 연주였다. 공연이 끝나고 영광스럽게도 우리 둘의 음악적 상성이 잘 맞는다는 호평을 여럿 받았다. 하지만 알고 보면 당시 모든 사람이 완전히 만족한 것은 아니었다. 적어도 나는 아니었으니까.

나로서는 내가 할 수 있는 최고의 연주를 들려주었고, 한때 그렇게 어려워하며 포기 직전까지 갔던 라흐마니노프 피아노 협주곡 3번을 이제 세계적인 거장과 협연하는 수준까지 이르렀다. 그러나 나는 무대에서 연주를 하면서도 절실히 느끼고 있었다. 이 위대한 플레트뇨프와 함께하기에는 내가 역부족이라고. "음표에 매달리지 말고 너의 손이 모든 것을 해주도록 그냥 맡기라"는 플레트뇨프의 조언을 완벽히 구현하지는 못하고 있다고.

마흔둘의 나이, 라흐마니노프를 만난 것도 이제 이십 년이 된 셈이었다. 내가 피아니스트가 맞는다는 것을, 사기꾼이 아니라는 것을 증명할 정도의 실력은 쌓았지만, 정말로 최고 수준의 연주자와 협연해도 부끄럽지 않을 정도로 나 스스로에게 당당해진 것은 그로부터도 십 년은 더 걸렸던 것 같다. 곡 하나에서 '성취'라는 것을 얻기까지 삼십 년이 넘게 걸린 셈이다. 그 성취라는 것도 과연 내 삼십여 년의 노력에 합당했는지는 잘 모르겠다.

피아니스트를 비롯하여 연주자라는 직업이 원래 그렇다. 보통의 직업은 인정, 성공, 성취, 보람, 지위, 유명세 등을 통하여 이 일을 계속해 나갈 수 있는 힘을 얻기 마련이다. 훌륭한 재주를 가지고 열심히 노력하다 보면 늦더라도 언젠가 마땅한 진전과 보상이 주어지기도 한다. 하지만 연주자에게는 노력과 성취의 등가교환이 주어지는 법이 결코 없다.

피아니스트에게도 가끔씩 보상이 내리기도 한다. 하지만 동시에 꼭 알아두어야 한다. 잔인하고 잔혹하지만, 정말 아무런 보상이 없을 수도 있다는 걸. 하루 열 시간의 연습을 반복했는데도 단 한 발짝을 나아가지 못할 수 있다. 실력을 갖추었음에도 인기와 유명세는커녕 존재감조차 얻지 못할 수 있다. 그 인정받지 못하는 순간들을 어떻게 넘길 것인가. 특히 자기 이름이 사람들의 입에서 오르내리기를,

스타가 되기를 기대하는 연주자가 말이다.

순진하다 할지도 모르겠으나 연주자로서 내가 내린 답은 이렇다. 인정받지 못하는 순간에도 연주자는 자기 연마를 통해 만족할 수 있어야 한다. 오늘 나는 아무런 진전도 거두지 못했지만 이렇게나 열심히 연습했고 그러니 내일은 한 발 나아가게 되리라, 하며 헛되어 보이는 시간에 기어코 의미를 부여할 줄 알아야 한다. 그 시간이 행복이고 축복이라는 것을 진실되게 느껴야 한다. 사람이 자기 마음에 따라 어찌할 수 없는 것이 '결과'라면, 적어도 자기 마음대로 할 수 있는 '과정'만이라도 충실히 그리고 기꺼이 따라야 한다.

더 순진한 소리를 하나 덧붙이자면, 다행히도 음악은 진심으로 연마하는 연주자를 영영 버리지는 않는 것 같다. 내가 오십 년 넘게 피아노를 쳐오면서 경험한 바에 따르면 그래왔다. 자기 연마만으로 만족하는 것을 거듭하며 어느 순간 한계에 봉착해 '이제 진짜 끝인가 보구나' 할 즈음이면, 생각지도 못한 곳에서 기회가 등장하고 성취감을 일으키면서 나를 계속 음악으로 이끌었다. 생각해 보면, 살아오면서 나에게 실망을 안기는 온갖 것들을 마주해야 했다. 돈도, 사람도, 사랑도, 직장도 모든 것이 결국 끝에 가서는 나의 기대를 실망시켰다. 하지만 삶이 아무리 힘들더라도 끝끝내 나에게 실망을 주지 않은 것은 음악 하나뿐이었다.

한 번은 오고야 마는
결정적 순간

레옹 스필리아르트, 「로켓들」, 1917년

세계 여러 곳을 다니다 보면 나라마다 특유의 냄새가 있음을 느끼게 된다. 사람이나 음식 같은 데서 오는 것이 아니라 그곳의 공기 자체가 안고 있는 향이 아닐까 한다. 공항의 입국장을 통과했을 때 코로 확 들어오는 그 냄새. 만약 맡아보지 못한 생소한 냄새라면, 내가 생전 와보지 못한 땅을 처음 밟았다는 것을 실감한다. 반대로 왠지 맡아본 듯한 냄새가 나서 예전에 그 땅을 밟은 것이 언제였는지를 상기할 때도 있다.

　1994년 5월 말, 나는 보스턴에서 출발하여 모스크바의 세레메티예보 공항에 도착했다. 입국장을 나서며 숨을 들이마시니 어딘가 익숙한 냄새가 느껴졌다. 열네 살이던 1980년, 스물네 살 콩쿠르에 참가했던 1990년, 한 달간 교환학생으로 다녀왔던 1991년에 이어 네번째로 이 땅을 밟게 된 것이었다. 소련이 해체되고 나서는 처음인 셈이었다.

　그렇게 가지 않겠다고, 피아노를 그만두겠다고까지 떼를

쓰다가 변화경 선생님에게 떠밀려서 지구 반 바퀴를 돌아 결국 여기까지 왔다. 다른 참가자들도 이미 와 있거나 이제 곧 하나둘씩 도착할 것이다. 얼마나 쟁쟁한 연주자들을 만나게 될까. 아마 내가 한 달 반 전까지만 해도 전화 회사에서 영업사원으로 일하고 있었다는 것을 안다면 그들은 나를 경쟁자로 쳐주지도 않으리라.

차이콥스키 국제 콩쿠르가 어떤 무대인가. 음악계에서는 올림픽 정도의 권위를 지니며, 올림픽과 똑같이 사 년마다 한 번씩 열리는 귀한 경연대회이다. 내가 경험해 본 콩쿠르 중 그나마 비슷한 권위를 가진 대회라면 벨기에의 퀸 엘리자베스 콩쿠르 정도가 있겠다. 정명훈 선생이 1974년에 미국 국적으로 참가해서 2등을 하여 서울에서 카퍼레이드를 펼치던 것을 티브이 중계로 보던 순간이 눈에 선할 정도로 강렬하게 기억난다. 실제로 그 뒤 정 선생의 행보를 보면 알 수 있듯이, 차이콥스키 콩쿠르에서의 입상은 연주자에게 앞으로 좋은 무대에서 연주를 할 수 있는 커리어를 보장하는 대회였다. 한마디로, 정명훈의 길을 따라 밟을 수 있는 기회였고, 이것은 그를 우상으로 모시던 한국 피아니스트들에게는 엄청난 의미였다.

거기에 더해 개인적인 각별함도 있었다. 사 년 전에는 아쉽지도 않게 떨어진 대회였지만, 이십 년 전 직접 무대를

196

눈앞에서 지켜본 이래로 차이콥스키 콩쿠르는 내게 '꿈의 무대'로서 존재했다. "미국에까지 와서 공부하는데 차이콥스키 콩쿠르 정도는 입상해야 되지 않겠니?" 미국 유학 초창기부터 변화경 선생님에게 귀에 딱지가 앉도록 들어왔던 말이다. 열다섯 살에 미국으로 건너와 십여 년 동안 갈고닦아온 나의 모든 것을 쏟아부을 곳으로 손색없는 무대였다. 그리고 가장 중요한 의미. 나는 이것이 나의 마지막 콩쿠르임을 알고 있었다. 스물아홉 살인 나에게 실질적으로 허락된 마지막 콩쿠르이기도 했고, 그보다 반 클라이번 콩쿠르 1차 실격으로 말미암아 음악을 그만두려는 생각까지 하다가 기사회생하여 내가 연주자로서의 나 자신에게 건네는 마지막 기회였다. 이 모든 각별함을 실감하고 있던 만큼 최선을 다해 연습해서 이 땅에 왔다. 이제는 운명에 맡길 차례였다.

실력을 증명하기 위해 콩쿠르에 와놓고 '운'을 기대하는 것이 조금 우스워 보일지도 모르겠으나, 그즈음의 나는 알고 있었다. 성공과 실패에 운이 얼마나 중요한지를.

나의 첫 국제 콩쿠르였던 1989년 윌리엄 카펠 콩쿠르 역시 운이 없었다면 우승은커녕 입상조차 하지 못했을 것이다. 처음 나간 국제 콩쿠르에서 독주를 하던 중에 연주자라면 가장 두려워하는 순간이 갑자기 찾아왔다. 내 머리가 내게 장난을 쳐서 악마의 목소리가 들려오는 것이다.

"너 이다음은 뭔지 알아?"

안타깝게도 나는 그 장난에 대답하지 못했다. 악보 중 내가 망각한 구절에 도착해 머리가 새하얘지던 그 순간, 탕 하면서 피아노 줄이 끊어져 버렸다. 이 무슨 거짓말 같은 조화란 말인가.

다행스럽게도 분위기를 보아하니 나 말고는 누구도 연주자가 악보를 까먹었다는 것을 눈치채지 못한 듯했다. 무대 직원들이 줄 끊어진 피아노를 확인하는 동안 나는 자연스럽게(뻔뻔스럽게) 곤란하다는 듯한 연기를 했고 심사위원들은 그런 나를 두고 주최 측의 피아노 관리가 소홀하여 안타까운 피해를 입은 '운 나쁜 연주자'로 봐주었다. 실은 그 이상으로 운이 좋았을 수가 없는데 말이다. 다시 같은 곡을 연주할 기회가 주어졌고, 그다음부터는 악보를 잊어버리는 일 없이 매끄러운 연주를 펼쳤다. 거기서 그치지 않고 대운까지 옮겨 붙었는지 생애 처음 참가한 국제 콩쿠르에서 우승하는 영광까지 누렸다.

반대로 운이 함께하지 못하는 일도 얼마든지 벌어진다. 철저하게 연습하여 완벽한 수준으로 연주할 준비가 되어 있는데, 몸이 아프거나 어딘가 힘이 없어지거나 해서 준비한 만큼의 실력을 선보이지 못하는 일도 있다. 그나마 내 안에서 벌어지는 일이라면 덜 억울할 텐데, 운이 없으면 정말 별별 이상한 일이 주위에서 벌어지기도 한다. 1990년에 참가했다가 나와 관계없는 스캔들로 인해 떨어진 차이콥스키 콩쿠르도 운이 따르지 않은 대회였고, 같은 해 리즈 콩쿠르에서 추첨을 통해 1번 연주자로 꼽혔을 때는 '이건 그냥 기권하고 짐을 싸서 돌아가라는 뜻인가' 생각하기도 했다(많이들 모르는 사실인데, 콩쿠르에서 앞 순서를 배정받는 연주자는 대단히 불리하고 하물며 첫번째 연주자가 좋은 결과를 기대하기란 정말 어렵다).

사 년 만에 러시아 땅에 돌아와 이제는 운이 나의 편이기를 기대하며, 어쩌면 찾아올지 모를 운을 놓치지 않기 위해 만반의 준비를 했다. 이래 봬도 콩쿠르에 나갈 수 있는 끝물인 스물아홉의 베테랑이었다. 1990년의 경험으로, 나는 이 차이콥스키 콩쿠르에 참가하려면 전략과 전술이 필요하다는 것을 배웠다.

사 년 전에 나는 콩쿠르를 앞두고 연습할 곳을 구하지 못해 전전긍긍했던 경험이 있었다. 학교에 연습할 곳이 있겠지, 하는 속 편한 마음으로 갔다가 콘서바토리의 연습실에서는 하루 두 시간 이상의 연습을 할 수 없다는 날벼락을 맞았다. 대망의 콩쿠르를 앞두고 하루 두 시간 연습은 말도 안 되는 소리였다. 소련의 참가자들은 그 순간에도 어딘가에서 연습을 하고 있는데 나는 연습실을 구하지 못해 발을 동동 구르는 처지라니. 아무리 원정 참가자에게 핸디캡이 주어진다지만 이 정도는 심하지 않은가. 그래서 사 년 후에는 미국에서 미리 리코딩 스튜디오를 수소문하여 구해놓은 다음 러시아로 건너가, 여유 있게 연습을 할 수 있었다.

한 달 동안 콩쿠르를 위해 머무르려면 신체 리듬을 잃지 않기 위해서 연습만이 아니라 먹고살 것도 잘 갖추어야 했다. 1990년 콩쿠르 때 러시아에 머무르면서 가장 많이 마주해야 했던 음식은 '보르시борш'라는 일종의 수프였다. 기름이 둥둥 떠 있는 외관을 보면 도저히 적응이 되지 않는 음식이었고, 실제로 당시 결선에 오른 외국 연주자 중에 보르시를 먹고 배탈이 난 사람도 많았다. 나는 생애 마지막 콩쿠르에서 배탈이 나는, 그런 웃기는 위험을 감수하고 싶지 않았다. 게다가 어딜 가나 있는 보르시를 피해 매번 음식점을 찾아다닐 시간적 여유도 없었다. 최대한 숙소에서 끼니를 해결하고 나머지 시간을 연습하는 데 쏟을 생각이었다. 그래서 이번에는 러시아로 향하면서 콩쿠르에 참가하는 연주자로서는 다소 독특한, 아니 다시 생각해 보니 연주자에게만 국한되지 않고 어느 입국자가 들고 왔어도 독특한 준비물을 가지고 왔다. 바로 한인마트에서 공수해 온 라면 몇십 봉지와 열 캔쯤 되는 참치 통조림, 그리고 쌀과 전기밥

솥이었다(아직 즉석밥이 없던 시절이었다).

숙소에 도착해서 이 거추장스럽고 귀중한 물건들을 꺼내는데 그렇게 든든할 수가 없었다. 먹기도 전에 배가 부르면서 괜히 힘이 솟았다. 이번에야말로 온전한 컨디션으로 무대를 마칠 수 있을 것 같은 자신감이 들었다. 체력적인 면뿐 아니라 정신적인 컨디션까지 챙길 수 있을 것 같았다. 말하자면 그 밥솥과 라면은 내게 부적 같은 것이었다. 최악의 컨디션을 최선으로 바꿔줄 수 있는 존재 말이다.

밥과 라면에 힘입어 나는 1차 예선과 2차 본선을 통과했다. 물론 쉽지만은 않았다. 당시 차이콥스키 콩쿠르는 그 어떤 대회보다 참가자의 기를 죽이는 요소들이 온갖 곳에 포진한 대회였다. 국제 음악제나 큰 음악 행사를 다녀본 사람은 알겠지만, 큰 콩쿠르가 열리는 시즌은 일종의 축제 기간과 같다. 하물며 사 년에 한 번 열리는 차이콥스키 콩쿠르는 말 그대로 올림픽과 같은 열기를 느끼게 된다. 러시아 안에서, 그리고 세계 여러 곳에서 음악에 조예가 깊은 사람들이 모두 다 찾아오는 것이다.

게다가 콩쿠르가 열리는 그 유명한 차이콥스키 콘서트홀은 러시아의 음악인들뿐 아니라 세계의 모든 음악인들이 인생에 한 번쯤은 서고 싶어하는 꿈의 무대 아니던가. 비슷한 명성을 지닌 곳이라 하면 그나마 카네기 홀 정도일까? 참가자로서 무대에 오르면 먼저 공연장의 크기에 압도된다. 한 열이 너무 길어서 모든 사람을 한눈에 담기란 불가능하고 양 끝의 발코니는 까마득하게 보일 정도이다. 공연장이 아니라 무슨 축구 경기장에 들어온 듯한 기분이 든다. 자리도 따닥따닥 촘촘하게 붙어 있는데 러시아에서 음악 좋아하는 사람은 여기 다 모였구나 싶을 정도이다. 게다가 그 숨막히는 더위란! 러시아라고 해서 늘 추운 날씨인 것이 아니다. 6월이면 한국의 봄 날씨와 비슷하다. 그 날씨에 그 많은 사람들이 다 들어와 있는데, 건물이 오래되어 에어컨이 설치되어 있지 않다. 그러지 않아도 땀이 잔뜩 나는 피아노 연주를, 몇천 명이 뿜어내는 열기까지 덩달아 느끼며 해야 하니, 연주가 끝나고 나면 과장이 아니라 정말 땀으로 옷이 전부 젖는 상황에 놓인다.

또 하나 특이한 점은 연주할 때에 이르러 객석의 조명을 끄거나 어둡게 연출하는 일도 없다는 것이다. 계속 불을 밝게 켜놓아서 무대 위에서도 관객들의 얼굴이 하나하나 다 보인다. 앞서 차이콥스키 콩쿠르는 참가자의 기를 죽이는 요소들이 포진해 있다고 말했는데, 여기는 참가자에 따라 차이가 발생하는 지점이다. 러시아 연주자가 등장하면 '드디어 기다리던 차례구나', '응원하던 참가자가 나왔다' 하는 분위기로 관객석이 들썩인다. 어떤 연주를 선보이든 청중은 귀를 열고 감동할 준비가 이미 되어 있고 실제로도 연주가 끝나면 열렬히 박수를 치고 환호성을 지르고 난리가 난다. 그러니 러시아의 미소년 니콜라이 루간스키가 무대에 올랐을 때 그 반응이 어땠겠는가. 누구나 그가 1위를 하리란 것을 알고 있었고, 박수가 오 분이 넘도록 이어지는 그 분위기에서는 마땅히 그럴 수밖에 없었다(물론 루간스키는 실제로도 1위에 걸맞은 엄청난 연주를 들려주었다).

그리고 잘생긴 러시아 남성 연주자의 반대편은 동양인 여성 연주자의 자리였다. 내가 무대에 올라 밝게 불이 켜진 객석에서 마주하는 것은 '네가 얼마나 하는지 보자' 하는 얼굴들이었다. 그나마 얼굴이라도 비치면 다행이었다. 동양인 남성 연주자가 무대에 오르면 객석의 반이 남고, 동양인 여성 연주자가 나오면 반의반이 남았다. 게다가 무슨 코미디를 보러 나온 것처럼, 연주를 하는데 너무 못 친다며 웃는 사람도 있었다. 그 옛날 미국에 건너가 온갖 인종차별을 겪으며 거기에 꽤 익숙해져 있다고 생각한 나에게조차 이루 말할 수 없을 정도로 기분 나쁜 차별대우였다.

사 년 전에는 그 듬성듬성한 객석과 멸시의 시선을 준비도 되지 않은 채로 갑작스럽게 마주해야 했다. 하지만 이번에는 그 예상되는 텃세에 기가 눌리는 일이 없도록 마음을 가다듬었다. 저 사람들의 마음까지 움직이고 말리라 다짐했다. 그리고 정말로 1차 예선이 지나고 2차 본선이 끝났을 즈음에는 사람들의 태도가 달라져서 무대가 끝난 뒤에 나에게 꽃을 건네는 러시아의 청중들도 만나게 되었다. 정확히 알아듣기는 어려웠지만 "당신은 반드시 결선에 진출할 것"이라는 이야기도 들려주었다. 그리고 그 응원대로, 나는 일주일 후에 시작될 3차 결선에 진출했다.

이제 분위기가 달라졌다. 한국 음악계에서도 크게 화제가 되어 취재를 위해 러시아로 건너왔다. 1974년 콩쿠르에서 2위를 한 정명훈 선생이 있었지만 그는 미국 국적이었고, 당시로서는 한국 국적을 달고 차이콥스키 콩쿠르 결선에 올라간 것은 내가 처음이었으니 제법 큰 기삿거리가 될 일이었을 것이다. 몇 차례의 콩쿠르 입상으로 음악계에서는 내 이름이 조금 알려져 있었기에 사람들의 기대감도 어느 정도 존재했다.

하필 드라마틱하게도 무슨 주인공처럼 나의 순서가 마지막으로 잡혔다. 덕분에 티켓도 일찍이 매진되었다. 아마도 이번에는 듬성듬성한 빈자리가 아니라 수천 명이 꽉 찬 객석을 옆에 두고 연주하게 되리라. 결선에 올라온 것은 열두 명. 하루에 두 명씩 엿새 동안 진행하는 방식이었다. 삼십 분짜리를 두 곡 연주했으니 거의 음악회 하나를 치르는 것과 마찬가지였다. 게다가 두 곡 다 연주자를 실신하게끔 만드는 어려운 곡이었다.

인생에는 나의 모든 것을 걸어야 하는 하루가 한 번은 온다. 단 하루는 아닐지라도, 결정적 순간이라고 부르는 때가 인생에 몇 안 되는 횟수로 찾아온다. 운명의 그날은 갑작스레 찾아오기도 하고, 나처럼 예고된 채로 오기도 하는데 어느 쪽이 나은지는 모르겠다. 전자는 준비가 안 된 상태에서 맞아야 하는 문제가 있고, 후자는 잠 못 이루고 피가 말리는 며칠을 보내야 한다는 문제가 있다. 그 엿새 동안 독방에서 나 자신을 연습과 연마의 극단으로 몰아야 했던 것처럼 말이다.

그리고 드디어 운명의 그날이 왔다. 모든 준비는 끝났고 이제 나는 운을 기다리고 있었다.

순수한 마음은
순수한 마음을 움직인다

레옹 스필리아르트, 「오스탕드의 제방과 항로」, 1909년

차이콥스키 콩쿠르 2차 본선을 치를 때쯤부터 변화경 선생님이 러시아로 건너와서 내 방에 함께 머물렀다. 싫다는 애를 붙잡고 콩쿠르 참가 서류를 넣게 한 뒤로도 선생님은 계속 신경이 쓰였나 보다. 다행히 콩쿠르 측에서 마련해 준 호텔방은 그동안 다른 룸메이트와 함께하는 2인 1실이었다가, 결선 진출자 열두 명만 남으면서 모두 썰렁한 독방이 되었다.

같이 머무르는 내내 선생님은 "모든 것을 쏟되 결과에 집착하진 말자", "떨어진다고 생각하고 너의 음악을 최대치로 보여주자"면서 내 긴장을 풀어주려 애썼는데, 결과를 꽤 신경쓰는 듯한 모습이 역력했다. 무슨 스파이라도 된 듯, 다른 참가자가 어떻게 리허설을 하는지까지 보고 와서 나에게 전부 공유해 주었다. 그날도 누군가의 리허설을 보고 온 선생님은 3차 결선을 준비하는 나에게 말했다.

"너 템포 다 바꿔야겠다. 두 배는 느리게 해야 되겠어."

그럴 만한 이유가 있었다. 러시아인을 제외한 외국인, 특히 동양인에게 호의적이지 않았던 것은 청중만이 아니라 오케스트라도 마찬가지였다. 하나같이 러시아에서 내로라하는 연주자들이었던 그들은 결코 협연자에게 쉬이 맞춰주려하지 않았다. 특히 러시아를 대표하는 작곡가인 차이콥스키라든지, 미국으로 망명했지만 러시아 출신인 라흐마니노프같은 작곡가의 음악은 자신들 러시아인만이 진정으로 이해할 수 있다는 인식이 강했다. 그래서 연주자가 본인에게 익숙한 템포로 곡을 치면 반주자로서 그것을 따라오는 것이아니라 자기들의 템포를 고수했다. 마치 콧방귀를 뀌면서'러시아의 음악은 그렇게 하는 게 아니다'라는 듯이. 무대위에서 최고의 아군이어야 하는 오케스트라가 내 편이 아니었던 것이다.

3차 결선을 앞두고 리허설을 할 때도 그것을 느꼈다. 일반적으로 오케스트라와 함께하는 리허설이라면 간단한 대화라도 주고받거나 두세 시간 동안 함께 연주에 관해 고민하는 시간을 가지는데, 이들의 태도는 그 이상으로 사무적일 수가 없었다. 결선에서 선보일 두 곡을 한 번씩 연주하고 한 시간 만에 끝이었다. 리허설 내내 무표정으로 일관했던 것은 말할 것도 없다.

이윽고 3차 결선 당일이자 차이콥스키 콩쿠르의 마지막

날, 나는 대기실에서 한 시간 동안 푸시킨의 시집을 읽으며 차례를 기다렸다. 귀로는 내 앞 순서인 일본인 연주자의 음악을 듣고 있었다. 차이콥스키 피아노 협주곡 1번은 지정곡이니 당연히 똑같다고 하더라도, 하필이면 자유곡인 쇼팽까지 나와 똑같은 선택이었다. 콧대 높은 오케스트라가 일본인 연주자에게 쉽사리 마음을 열지 않고 있다는 것이 귀로 느껴졌다. 연주가 끝나고 박수는 삼 초도 채 이어지지 않았다.

드디어 나의 차례가 왔다. 저녁 여덟 시 삼십 분, 수천 석이 넘는 자리에 이번에는 단 하나의 빈자리도 없었다. 내 연주를 기대하는 표정들은 아니었지만 콩쿠르의 마지막 순서인 만큼 적어도 모두들 착석은 하고 있었으니 다행이었다. 내 인생 마지막일지도 모를 연주를 들려주기에 손색없는 자리였다. 청중들과 그 중간에 있는 열한 명 정도 되는 심사위원에게 고개를 숙이며 목례했다. 지휘자와 오케스트라에게도 가볍게 고개를 숙였다. 리허설 때 본 그 무표정, 무반응이 돌아왔다. 하긴 한 시간 전에 했던 음악을 또 연주해야 했고, 이 연주가 끝나면 엿새 동안 열두 번째 연주하는 음악이 그들을 기다리고 있으니 지겨울 만도 했을 것이다.

"오늘 무대 위에서 네가 할 일은, 연주자들의 마음을 감동시키는 거야. 음악으로 마음을 움직일 수 있어. 그래서 너랑 대화할 수 있도록 하면 그것만으로도 성공한 거야."

그날 아침 변 선생님이 해준 말이었다. 이 순간만큼은 그 말을 아무런 의심 없이 믿기로 했다. 음악을 하는 사람에게는 순수한 마음이 있다. 내 존재를 인정하지 않는 저 무표정을 의식하지 말자. 저 무표정 아래에 있는 순수한 마음은, 순수한 마음으로 하는 음악에 움직이지 않을 수 없다. 그 마음이 내 음악에 반응할 수 있도록 연주하겠다. 그래서 마음에서 마음으로 대화를 하리라. 말로써 대화는 통하지 않더라도 우리에겐 음악이라는 공통된 언어가 있지 않은가.

쇼팽 피아노 협주곡 1번. 루간스키가 앞서 연주한, 피아노와 오케스트라가 서로 뒤질세라 열정적으로 치고받는 라흐마니노프 피아노 협주곡 3번과 비교하면 피아노가 오케스트라를 조금은 리드하는 곡이다. 어쩌면 그런 점에서 피아노 콩쿠르의 선곡으로서는 적절하다 할 수 있었으며, 특히 오케스트라가 나에게 맞춰줄 의향이 없는 지금 같은 무대에는 더할 나위 없이 합리적인 선택이었다. 악장 전체에 멜로디로 된 이야기가 아름답게 펼쳐져 있으며 심지어 기승전결이 재미있게 연결되어 있다. 앞에는 쇼팽 특유의 아픔과 아련한 동경이 애잔하게 내재되어 있고, 그다음에는 동화 같은 분위기를 들려주다가, 마지막 악장으로 넘어가면

폴란드 특유의 발랄한 춤곡 리듬이 느껴진다. 말하자면 시적인 춤곡이라 해야 할까.

시베리아의 칼바람과 추위에 꽁꽁 언 몸을 난로 앞에서 천천히 녹이는 기분. 그것이 1악장을 연주하면서 내가 받은 느낌이었다. 음악은 우리의 감정선을 건드리는 언어이기에, 한쪽에서 높은 호소력을 실어 대화하다 보면 다른 한쪽도 마음이 움직이지 않을 수 없다. 1악장이 지나 2악장에 들어가면서, 또 3악장으로 넘어가면서 오케스트라가 나의 연주를 들어주려고 한다는 것이, 조금씩 따뜻함을 내어 보이며 반응해 주고 있다는 것이 점진적으로 느껴졌다. 그러면서 연주에 생기가 생겼다. 셔먼 선생님이 그렇게나 자주 이야기하던 '살아 있는 음악'이 느껴졌다.

진실된 연주는 통하는 법이고 피아노는 결코 거짓말을 하지 않는다. 오케스트라와 대화를 하고 있음을 느끼면서 나는 더욱 혼신을 다했다. 아니, 단 한순간도 혼신을 다하지 않은 순간이 없었지만 거기서도 더 나아간 듯했다. 이렇게 치고 죽을 거야, 라는 생각으로 내 영혼의 호소를 담은 연주였다.

마지막 악장을 마치고 땀에 흠뻑 젖은 몸으로 관객에게 인사를 하는데 뜨거운 박수갈채를 보내주는 것은 당연했으며, 심지어 눈에 보이는 표정마다 다들 미소를 띠고 있었고 가끔은 눈시울을 닦는 청중도 있었다. 나는 두번째 무대에 서기 전에 잠깐 무대 뒤로 향했다.

힘이 다 빠져서 준비해 둔 초콜릿을 한 입 베어 먹었다. 오케스트라와의 협연이란 이런 것이다. 피아노 한 대로 여든 명에서 백 명 정도 되는 단원들이 쏟아내는 기에 대응하며 연주하는 것이다. 피아노 소리가 청중에게 들리지 않을까 봐 자신들의 소리를 줄여주는 일 없이 있는 대로 크게 치는 그들 사이에서 나의 존재감을 확보해야 한다. 그러니 있는 힘이 다 빠지고, 또 없는 힘을 짜내야 하는 강행군이다.

물을 마시고 초콜릿을 먹으며 힘을 보충하던 그때, 정신을 차려보니 아까 무대 위에서 받던 박수가 끊이지 않고 있었다. 그리고 어느 순간에 누군가로부터 시작되었는지 몰라도 박수에 익숙한 박자가 새겨져 있었다.

짝짝짝, 짝짝짝, 짝짝짝, 짝짝짝……

마치 응원단의 갈채와도 같았다. 연주를 마친 루간스키가 오 분이 넘도록 받던, 러시아인 관객이 러시아인 연주자에게만 건넨다는 특유의 박수가 계속 반복되었다.

나는 무대 뒤의 그 자리에서 움직이지 않았다. 이미 물 한 병과 초콜릿 하나를 다 먹은 뒤였지만 그 기분 좋은 박수를 조금이라도 더 듣고 싶었다. 정녕 이것이 나를 향한 박수란 말인가. 내가 다시 무대로 나갈 때까지 이 박수가 이어질까. 결국 오케스트라 지휘자가 그만 나가자고 권하여 다시 무대로 걸음을 옮겼다. 그리고 문을 여는 순간, 에어컨도 없이 수천 명이 들어찬 공연장의 열기와 함께 여전히 이어지고 있던 박수 소리가 크게 전해졌다.

박수에 화답을 하고 다시 오케스트라에게 목례를 하는데 이제 그들의 태도가 달라져 있었다. 앉아 있는 자세만 봐도 오케스트라가 얼마나 협연을 진지하게 준비하고 있는지를 알 수 있다. 아까 전에는 엉덩이를 의자 깊숙이 밀어넣고 앉아 있던 단원들이, 이제 엉덩이를 의자 끝에 걸치고 지휘자를 응시하고 있었다. 마치 '우리가 제대로 해줄게' 하고 말하는 듯한 집중의 표시였다. 피아노 협주곡이란 오케스트라가 남의 반주자 역할을 하는 것이다 보니 그들로서는 조금 지겨운 일인 것이 당연하다. 하지만 이번에는 그 반주를 기꺼이 해주겠다는 태도가 절로 느껴졌다.

두번째 곡은 모든 참가자가 이미 연주한 지정곡인 차이콥스키 피아노 협주곡 1번이었다. 변화경 선생님이 미국에 막 건너온 열네 살의 어리바리한 나에게 "이 곡은 네가 앞으로 엄청나게 많이 연습하게 될 것"이라며 건네던 곡이었다. 여러 콩쿠르 무대에서도 이미 쳐온 바 있었지만 마지막 콩쿠르의 마지막 곡도 이게 될 줄은 몰랐다.

피아노 앞에서 의자를 끌어당겨 앉았다. 옷매무새를 고

215

친 뒤 심호흡을 짧게 한 번 하고는 지휘자의 눈을 보고 고개를 끄덕였다. 그러고는 네 대의 호른이 그 유명한 도입부에 들어서기 전의 짧은 순간에 생각했다. 이날을 위해서 내가 이 차이콥스키 협주곡 1번을 백 번도 넘게 연주했구나. 아니, 단지 이 곡의 연습만이 아니다. 열네 살 이래로 해온 그동안 내 청춘을 바쳐온 모든 연습들이 지금 이 무대를 위한 것이었구나.

서서히 따뜻한 반응이 전해져 온 쇼팽과 달리 두번째 곡은 시작될 때부터 오케스트라의 반응이 바로 전해져 왔다. 내가 조용하면 그들도 조용했고, 피아노와 오케스트라가 함께 뛰어들어야 하는 순간에는 그들도 가장 큰 열정을 퍼부어 주었다. 그러면서도 반주자로서 들려줘야 하는 연주의 선을 넘어서지 않았다.

연주의 신선함조차 더할 나위 없었다. 리허설을 포함하면 그들로서는 일주일간 스물네 번 이상 같은 곡을 지겹도록 반주한 셈이었지만, 마치 몇 년 만에 만난 반가운 곡을 연주하는 듯했다. 고전이란 지겨워질 수 없다는 것을 그들도 다시 한 번 상기한 것이 아닐까. 같은 곡도 다른 연주자와 협연하는 순간 아예 새로운 곡이 된다는 것을, 또한 같은 곡을 같은 연주자가 치더라도 매번 새로운 곡처럼 들려줄 수 있다는 것을 기억해 낸 것이 아닐까. 어쩌면 내 착각이었을지도 모르지만, 적어도 나는 그렇게 추측한다.

첫 연주가 서로에게 맞춰가며 혼신을 다한 연주였다면, 피아노와 오케스트라가 서로에 대한 믿음을 확인한 두번째 연주는 규율을 벗어나 자유로움의 영역으로까지 나아갔다. 그 수많은 연습을 거쳤으니 뭘 해도 손가락은 제자리의 건반에 놓였고, 나는 나와 우리가 음악 자체가 된 순간의 자유를 거부하지 않았다.

역시 변화경 선생님은 이번에도 옳았다. 연주를 하는 사람은 우리의 언어인 음악으로 대화하고 마음을 움직일 수 있다. 그 순간 나와 오케스트라는 대화를 나누고 있었고 그 대화는 관객석으로까지 옮겨갔다. 음악이라는 언어로 통하고 있는 이상, 더는 나의 출신과 피부색 같은 것은 그들에게 중요하지 않았으리라. 무대 위에 달린 커다란 초상화 속의 차이콥스키가 지켜보고 있는 아래에서, 나와 지휘자와 오케스트라와 모든 관객이 하나가 되어 있었다.

마침내 웅장한 마무리로 3악장이 끝나고 아직 여음이 가시기도 전에 열렬한 박수가 울려퍼졌다. 지휘자는 내 손을 두 손으로 꼭 잡으며 악수했고 제1바이올린 수석 연주자도 웃으며 악수를 건넸다. 리허설 때와 한 시간 전에는 나에게 보여준 적 없는 환한 표정으로.

그리고 관객들에게 몸을 돌리는 순간. 내 인생에서 가장 극적인 장면이 나를 기다리고 있었다. 많은 사람들이 기립해서 박수를 치고 환호를 지르며 환하게 웃고 있었다. 그 박수 소리는 오래도록 그칠 줄은 몰랐고 나는 무대에 몇 번을 다시 나와 인사했다. 지금도 눈을 감고 그 표정과 환호와 그날의 감격을 떠올린다.

3악장이 끝나며 박수와 함께 나의 콩쿠르는 끝났다. 그러나 나의 음악은 끝나지 않았다. 저 그칠 줄 모르는 박수 소리처럼.

종착역 없는
행진

무대를 마친
연주자의 행보

레옹 스필리아르트, 「계단」, 1909년

사람들이 왠지 기대에 찬 눈으로 많이들 물어보지만 나로서는 영 시답지 않은 대답만이 준비되어 있는 질문이 하나 있다.

　"차이콥스키 콩쿠르에서 입상하고 나서 그날 뭘 했어요?"

　처음에는 뭐가 그렇게 궁금할까 싶었는데, 한참이 지난 뒤에 가만 생각해 보니 꽤 궁금해할 만한 질문인 것 같기도 하다. 한 달이나 이어진 길고 고된 콩쿠르 여정을 성공리에 마무리한 것이 아니던가. 게다가 참가할 수 있는 마지막 콩쿠르에서 어마어마한 영광을 거둔 셈이었으니, 그날은 다섯 살 적부터 시작된 그동안의 피아노 인생에 방점을 찍고 진짜 프로 피아니스트의 세계로 들어서는 기점이기도 했다.

　그러니 공연을 마친 록 밴드가 화려한 애프터파티를 즐기는 것만큼은 아니더라도, '같은 음악인'인 만큼 비슷한 축하 행사 정도는 하지 않았을까, 하는 것이 보통 사람들의 생각인 듯하다. 적어도 지금까지 달려온 스스로에게 대단한 선물 하나는 하지 않았을까. 아니면 파도같이 몰려오는 해방감에 몸을 맡긴 채 사소한 일탈을 나 자신에게 허용했거나. 근사한 답을 기대했다가 콧방귀를 뀌며 실망하는 흔하디흔한 일을 앞으로 조금이나마 덜기 위해 그 대답을 여기서 상세히 들려주고자 한다.

차이콥스키 피아노 협주곡 1번을 마치고 좀처럼 사그라들 줄 모르는 박수를 연거푸 받은 지 세 시간이 지나 발표 행사가 시작되었다. 시각은 자정을 넘어 열두 시 반으로 향하고 있었다. 이틀 후에 정식으로 거행될 시상식은 아니고 등수와 우승자를 발표하기만 하는 행사였지만, 관객들은 피곤하지도 않은지 집이나 숙소에 돌아가지 않고서 다들 자리를 지키고 있었다. 하긴 그 자리에서 가장 피곤한 쪽은 오히려 나였을 것이다. 대체 잠을 잔 것이 언제였는지 기억도 나지 않았다. 하지만 연주자로서 인생 최고의 무대를 마친 뒤의 흥분과, 심사를 앞두고 서서히 찾아오던 긴장 탓에 밤늦은 대기 시간에도 눈을 붙이지 못했다.

결선 참가자들을 부르기에 무대 앞으로 나갔더니 몇몇 심사위원들이 무대에 올라와 있었다. 나는 다른 열한 명의 연주자들과 함께 무대 아래 한쪽에 우르르 섰다.

심사위원 대표가 이번 대회에 대한 심사평을 길게 늘어놓았는데, 고심 끝에 이번에는 1위를 뽑지 않았다는 청천벽

력의 소식을 전했다. 이미 바이올린 결선에서도 1위를 뽑지 않았고 첼로는 아예 1위부터 3위를 전부 뽑지 않았으니 어쩌면 그리 뜻밖의 일은 아니었을지도 모른다. 1994년 대회는 차이콥스키 서거 일백 주년이 지나 처음 열리는 것이었고 1958년 첫 대회 이래로 열번째로 열린 기념비적인 차이콥스키 콩쿠르이기도 했다. 하나같이 다들 차이콥스키 콩쿠르 수상자였던 심사위원들은 1위를 주지 않음으로써 휘황찬란했던 과거의 연주, 즉 그 시절 본인들의 연주가 더 높은 수준에 있었다는 주장을 젊은 연주자들에게 상기하려는 의도였을 것이다.

심사평을 마치고 드디어 등수 발표가 시작되었다. 뒤의 등수에 해당하는 연주자부터 차차 발표하였지만 초반에 이름이 불리지 않는다고 해서 마냥 반기기만 할 수도 없었다. 등수가 발표된다는 것은 입상자 안에 뽑혔다는 말로, 입상자가 아닌 두세 명 정도는 아예 이름이 불리지 않는다.

몇 명의 이름이 호명되다가, 이제 드디어 다음 날 있을 시상식에서 메달을 목에 걸게 될 상위권 입상자의 차례가 왔다. 3위인 지금부터는 그 이름이 차이콥스키 콩쿠르의 역사에 영원히 새겨질 것이다. 연주자의 경력에도 마찬가지로 '차이콥스키 콩쿠르 입상자'로서 깊이 새겨질 테고.

그리고 그 영광스러운 3위로 러시아의 바딤 루덴코가 호명되었다. '무쇠'라는 말이 연상될 정도로 풍채가 늠름해서, 저 사람은 라흐마니노프를 지치지 않고 여덟 시간도 치겠구나, 싶은 연주자였다. 색깔이 어찌되었건 분명 메달을 목에 걸어야 마땅한 실력자였다. 가만, 심사위원은 이번에 1위를 뽑지 않았다고 했다. 3위는 이미 발표되었고 루간스키가 가장 높은 순위인 2위에 오르리라는 것은 기정사실이었다. 그렇다는 것은…… 아니다, 결과는 신경쓰지 말자고 다짐하지 않았던가. 결과에 따라 피아노를 계속할지 여기서 접을지 생각하고 뛰어든 대회였지만, 그 우레와 같은 박수를 받으면서 나는 알았다. 오늘의 결과가 어찌되든 간에 나는 계속 피아노를 치리라는 것을. 그러한 생각을 애써 머릿속에 새기는 중이었다.

"공동 3위, 혜, 선, 파이크Paik!"

생소한 발음이었지만 틀림없는 나의 이름이었다. 잠깐이나마 이대로 짐을 싸서 빈손으로 미국에 가야 하나, 하는 생각도 있었기에 얼떨떨한 표정으로 무대에 나가서 심사위원과 아주 간단한 인사와 악수를 나누었다. 관객들에게 인사하니 아까 보았던 그 얼굴과 그 표정들이 나를 축하해 주었다. 불과 세 시간 전에 나는 스스로가 생각하기에도 생애 최고라 할 수 있었던 연주를 나의 모든 것을 쏟아가며 선보였고 그로써 청중과 음악으로 하나가 되는 귀중한 경험을 얻었다. 이 자체보다 더한 성과는 없다고, 결과 따위에 매달리지 말자고 다짐했었다. 하지만 역시 연주자로서 인정받는 결과는 달콤한 것이었다.

수상을 모두 마치고 심사위원들과 돌아가며 악수를 하는데 영국인 위원을 비롯한 다른 유럽에서 온 위원들이 내 손을 꼭 쥐며 따뜻한 인사를 건넸다.

"당신이 러시아인이 아니다 보니 걸맞은 평가를 받지 못했어요."

"콩쿠르 등수는 상관이 없어요. 당신은 앞으로도 당신의 음악을 하면 됩니다. 나에겐 혜선 백 당신이 1등입니다."

그 축하에는 이렇듯 위로의 말도 섞여 있었지만 정작 나는 억울하거나 부당한 마음은 없었다. 오히려 나보다는 루간스키가 더 억울하지 않았을까. 나는 1위 없는 공동 3위, 루간스키는 1위 없는 단독 2위를 했다. 사실 콩쿠르에서 1위를 뽑지 않는 것은 흔히 있는 일이고 참가자로서는 심사위원의 평가를 수긍할 수밖에 없지만, 솔직히 말해 루간스키에게 1위를 주지 않은 것은 말도 안 되는 일이었다. 그만큼 그의 연주는 환상적이었다.

발표가 끝나고 "당신이 1등입니다" 하며 찾아오는 사람들에게 인사와 축하를 받는 데만 한 시간이 넘게 걸렸고, 몰려오는 각국의 기자들의 질문에 답하는 데에도 또 한 시간이 걸렸다. 열두 시인데도 전혀 캄캄하지 않은 러시아의 밤이라 그런지 그곳에 시간관념 같은 건 없었다. 당연히 한국 기자들의 취재 열기가 가장 뜨거웠다. 지금이야 분야를 가리지 않고 한국인들이 단골로 입상하는 대회이지만, 당시로서는 (1974년 미국 국적으로 피아노 부문 2위에 입상했던 정명훈 선생과, 1990년 역시 미국 국적으로 성악 부문 1위에 입상했던 최현수 선생을 논외로 하면) 한국인이 차이콥스키 콩쿠르에서 순위에 오른 것은 처음이었으니 그랬던 것 같다.

길게 이어진 인사와 악수를 지나 숙소에 도착하니 새벽 다섯 시였다. 여기가 "차이콥스키 콩쿠르에서 입상하고 나서 뭘 했어요?" 하고 물은 질문자가 맥빠진 표정으로 실망감을 감추지 않는 지점이다. 그냥 씻고 누워 잠들었으니까. 매일 밤 모든 사람이 그러듯이. 어떻게 바로 자지 않을 수가 있겠는가. 그날 나는 스물네 시간도 넘게 깨 있던 참이었다. 전날 새벽부터 일어나 열두 시간은 연습을 하고 나서, 무대에 올라 한 시간 동안 진이 빠지도록 연주를 하고, 새벽에 앞으로 나의 인생 경로를 결정할 그 긴장되는 발표를 듣고 왔다. 아무리 내가 수영으로 다져진 좋은 체력을 지니고 있다 해도 그 정도 하루를 보내고 나면 당장이라도 침대에 뛰어들지 않고는 배길 수 없다.

그리고 다음 날, 아니 정확히는 그날 늦은 오후에 눈을 떴다. 여전히 피곤했지만 이곳저곳에 전화를 해서 수상 소식을 전할 차례였다. 변화경 선생님은 비행기표를 끊어놓아 금방 출국했다. 미국으로 돌아가며 선생님은 말했다.

"혜선아, 정말 잘했어. 등수가 뭐였든 아무 상관없는 거야. 너는 최고의 연주를 했으니까."

콩쿠르 측에서 상금을 받으러 오라고 하기에 갔더니 현금으로 루블화 지폐를 두둑하게 주었다. 그 돈을 숙소에 고이 모셔두고, 일부는 적당히 세서 가방에 담고 길을 나섰다. 러시아에 도착한 것이 한 달 전인데 이제야 처음으로 6월의 모스크바 거리를 돌아다닐 수 있었다. 전날에 정신없는 하루를 보내고 난 뒤라 관광지보다는 한적한 곳들 위주로 천천히 걸었다. 벼룩시장과 상점을 다니면서 기념품과 선물을 사기도 했다. 어제까지는 혹시나 무대를 앞두고 배탈이라도 날까 걱정되는 마음에 밥과 라면만 먹었으니, 이번엔 그냥 여행자가 된 마음으로 무슨 맛일까 궁금했던 음식을 배부르게 먹었다. 아마도 학교인 뉴잉글랜드 음악원에서나 한국 음악계에서는 내 소식으로 떠들썩했을 테지만, 나는 그날 이보다 한가하고 조용할 수 없는 시간을 보냈다.

어쩌면 그 대단한 영광을 거둔 다음인데 너무 시시하다고 할지도 모르겠다. 나는 굳이 "아니에요, 얼마나 재미있었는데" 하면서 변명하지 않는다. 재미를 찾는 것은 아마추어의 영역에서 하는 일이다. 한국에서 피아노를 하는 사람에게 가장 재미있고 큰 이벤트가 있다면 아마도 대학교 졸업 연주일 것이다. 그날이 되면 졸업생은 메이크업도 제대로 받고 드레스도 온 신경을 써서 맞추고서 나름 큰 무대에서 연주를 한다. 화장을 지우거나 옷을 갈아입는 것은 나중 일이다. 갑자기 오늘 배우가 된 기분, 또는 결혼식을 치르는 신부가 된 듯한 기분을 무대에서 내려온 뒤로도 한참이나 만끽한다.

그러나 계속해서 콩쿠르에 참가하고 프로페셔널 연주자가 된다는 것은 거기에 익숙해지는 것이다. 연주 당일이나 다음 날에는 잘 쉬고 잘 먹지만 그걸로 끝이며 곧 일상으로 돌아간다. 오늘 내가 이룬 것에 취할 새도 없이, 충분히 쉬었다면 그다음으로 넘어가야 한다. 필립 로스의 문장을 조금 바꿔 인용하자면, 재미를 찾는 사람은 아마추어이고 우리는 그냥 일어나서 일을 하러 간다.

글렌 굴드가 "우리 세대에서 가장 위대한 연주자"라고 칭하고 20세기 최고의 거장 피아니스트로 꼽히는 러시아의 스뱌토슬라프 리흐테르에게는 가끔씩 공연 후에 행하는 특이한 루틴이 있었다. 공연이 끝나고 나면, 그는 자신이 오늘 연주한 그 연주장 무대의 피아노로 돌아가서 연습을 했다고 한다. 아마도 노년의 거장은 텅 빈 객석 앞의 무대에서 몇 시간이고 궁리했으리라. 오늘 이 연주장에서 내가 못한 것은 무엇인가, 다음 연주에서는 어떻게 하면 나아질까.

그 멋진 이야기를 듣고 나는, 무대 연주를 마친 피아니스트가 취할 수 있는 가장 아름답고 이상적인 모습이라고 생각했다. 때로는 늦은 밤 어두운 무대에서 연습하는 리흐테르를 나 홀로 객석에서 바라보는 것을 상상하기도 하고, 때로는 그 자리에서 연습하는 나의 모습을 떠올리기도 했다. 그것이 참된 연주자의 모습이라면서. 성취에 취하는 것은 프로 연주자의 일은 아니라고 생각하면서.

3위 발표가 있던 그날 밤, 나는 셔먼 선생님에게 국제 전화를 걸었다. 다행히 보스턴도 아주 실례가 될 만큼 늦은 시각은 아니었고, 이 기쁜 소식을 제자로서 바로 전하지 않는 것이 오히려 실례라고 생각했다. 전화를 받은 선생님은 이미 수상 소식을 들어 알고 있었다며 축하해 주었다. 하지만 축하는 잠시뿐이었다.

"그래, 아주 잘했네! 그럼 자네의 다음 곡은 뭔가?So, what's your next piece?"

새로운 곡을 익혀서 오면 또 언제든 들어주겠다는 말씀이었다. 막 콩쿠르에서 입상한 제자에게 다음 곡이라니, 정말 선생님다운 반응이었다. 이러니 내가 성취에 취해 '다음'을 생각하지 않을 도리가 있겠는가.

이 열차는
종착역이 없습니다

레옹 스필리아르트, 「오스탕드의 공원, 가을의 호수」, 1929년

요 몇 년 사이에 나를 수식하는 말이 하나 늘었다. '두 아들딸을 하버드에 보낸 엄마'. 주변에서도 어떻게 하나도 아닌 두 남매를 하버드에 보냈냐며 비결을 많이 물어보고 언론 인터뷰를 할 일도 생기는데 그럴 때마다 민망하기가 짝이 없다. 내가 하버드에 '보낸' 게 아니라 아들딸이 알아서 '들어간' 것이기 때문이다. 평범한 엄마들처럼 밀착해서 뒷바라지도 못했는데 둘 다 어떻게 들어갔는지, 대견하다 못해 가끔은 나조차 신기할 때가 있다.

　아들딸이 세계에서 제일 유명한 대학교에 들어간 것이 한없이 기쁘지만, 한편으로 그 학교 이름에 너무 안주할까 봐 한마디씩 잔소리를 늘어놓게 된다. 겉발림한 사람이 아니라 속이 꽉 찬 사람이 되어야 한다고, 학교 이름 따위는 (나의 콩쿠르 입상 내역 따위와 마찬가지로) 너희라는 인간과 아무런 관련이 없다고, 그보다는 그 사람이 무엇으로 채워져 있으며 무슨 이야기를 하고 있는지가 핵심이라고, 그러니 이름에 함몰되는 일을 기필코 경계하라고. 큰 도움도 주지 못한 엄마의 말을 아직까지는 들어주는 시늉이라도 해줘서 참으로 다행이다.

학교의 이름에 함몰되는 것에 내가 이리도 민감한 이유는 서울대 교수로 지내던 그 십 년의 경험 탓도 있는 듯하다. 1995년부터 2005년까지 서울대 음대 교수로 재직하는 동안, 나는 서울대를 종착역으로 여기거나 실제로 그렇게 되는 사람들을 수도 없이 보았다.

학생이고 교수고 마찬가지였다. 학생들은 서울대라는 결과에 운과 배경과 실력이 어떠한 비중으로 작용하였는지 헷갈려 하는 이들이 많았고, 교수들 역시 주변에 에헴 하며 으스대지만 내실은 텅 빈 이들이 많았다. 잠깐 엉덩이를 붙일 자리에 아예 눌러앉고, 잠깐 머리에 쓸 감투를 너무 눌러써서 감투가 곧 자신이 되어버린 것이다. 하긴, 십 년이면 나도 너무 오래 머물러 있었다. 처음부터 잘못된 만남이었고 내 것이 아닌 자리였다.

발단은 역시 차이콥스키 콩쿠르였다. 3위에 입상하고 나니 한국 음악계에 내 이름이 널리 알려지게 되었다. 단지 음악계만이 아니라, 지인들이 저녁 뉴스에서 계속 내가 나온다며 여러 차례 연락해 왔을 정도였다. 나로서는 난생처음 받아보는 수준의 관심이었고 또 그러한 주목에 준비되어 있을 만큼 성숙하지도 않았던 듯하다. 그로부터 얼마 지나지 않아 서울대에서 연락이 왔다. 교수직을 제안하고 싶은데 이력서를 내지 않겠느냐고.

다섯 살부터 스물아홉 살까지 음악을 하면서 가르치는 사람이 되고자 하는 생각은 품어본 적이 없었다. 한국에 들어갈 마음도 없었다. 이제 막 콩쿠르 시기를 지나 프로 연주자의 세계에 제대로 발을 들이기도 전인데 스물아홉의 내가 누구를 가르친다는 말인가. 게다가 나의 연주는 이제부터 시작이었다. 교수를 하면 내 연주를 할 수나 있을까?

서울대 측에서는 나의 젊은 나이와 연주자로서 들 수밖에 없는 그 고민을 고려하여, 언제든 외국에 나가 연주를 할 수 있게 특별히 편의를 봐주겠다고 했다. 당연히 나도 그것이 대단한 특혜임을 알았다. 이 정도로 나를 찾아주는 곳이 있다는 것은, 이제껏 찾아주는 곳 하나 없던 젊은 연주자의 마음을 건드리기에 충분했다. 그 와중에 변화경 선생님의 의견도 나를 밀어붙였다. 선생님은 대단히 영예로운 자리인 서울대 교수직을 거절하는 것은 아니라고 했다. 또 중학교 때부터 미국에 나가 있던 딸이 한국에 돌아와서 서울대 교수가 되다니, 한없이 좋아할 엄마 얼굴이 떠오르기도 했다. 몇 년 전에 돌아가셨지만 살아 있었다면 엄마보다 좋아했을 아버지의 얼굴도 함께 아른거렸다. 하버드 나온 사위를 얻는 꿈은 못 이루어도, 슬하에 교수 자녀를 두는 당신의 꿈은 이뤄드리게 되는 것 아니던가. 그것도 그렇게 반대하던 피아노를 통해서.

그래서 서울대의 제안을 받아들였다. 스물아홉의 나이였으니 서울대 음대에서는 (1969년 전임강사로 임용된 신수정 선생 이후로) 이제껏 가장 젊은 사람을 교수로 임용한 일이었다고 한다. 떠나온 미국에서도 그랬고 돌아온 한국에서도 만나는 모든 사람이 나를 축하해 주었다. 지인들은 날더러 이제 "안 가진 게 없는 여자"라고들 했다. 실력과 수상 경력, 유명세, 교수라는 안정적 직업, 그리고 젊음까지. 그러한 말을 들을 때 몹시 민망해하면서도 스스로에게 조금이나마 만족해하는 찰나가 있었다는 걸 떠올리면 나는 너무나 부끄러워진다.

임용으로부터 몇 주 뒤에 처음으로 서울대 음대 건물에 발을 들였는데, 그 순간 이미 나는 알았다. 여기가 내 옷이 아니라는 것을. 이곳에선 오래 못 있겠구나, 짐작했다. 몇 년째 일을 해도 그 생각이 바뀌지 않아 주변 동료들에게 입버릇처럼 말하곤 했다.

"나 올해는 그만둬도 돼요?"

그럴 때마다 동료들은 그렇게 말하는 사람치고 이 자리를 떠나는 사람을 못 봤다며 조용히 웃곤 했다. 내가 좀 더

단호한 사람이었다면 오래지 않아 그 생각을 떠나려는 다짐으로 옮겼을 텐데. 십 년이라니, 맞지 않는 옷이라면서 오래도 입고 있었다.

학기 중에 교수는 일정 기간 동안 해외 체류가 불가능하다는 규율이 있었으나, 하고 싶은 만큼 밖에서 연주를 해도 된다는 혜택을 받았으니 정말 자의적으로 외국을 드나들곤 했다. 임용된 뒤 휴직계를 내고 2년간 코모호로 가서 국제 피아노 재단에서 연수한 것도 성실한 직장인이 할 일은 아니었다. 하지만 한편으로는 그렇게 학교의 법이란 법은 다 어기고 다니면서도 연주자로서 나의 생활에 만족해했던 것도 아니었다. 아무리 연습을 해도 부족하고 불안한 것이 피아니스트의 일상이다. 나는 연습이 부족한 이유를 교수직을 수행하는 데서 찾고는 했다. 당시에 음악 하는 어린 학생을 만나면 다들 "백혜선처럼 되고 싶다" 했지만 정작 내 실상은, 주변에 온갖 민폐를 끼치면서 나 자신조차 편치 않은 날들이었다.

결혼을 하고 두 아이를 출산한 뒤로는 움직이는 것이 더 어려워졌다. 누군가는 나더러 안 그래도 다 가졌는데 안정된 가정생활까지 더해졌다며 정말 행복한 여자라고, 이제는 그동안 미뤄왔던 '여자로서의 삶'을 누려야 한다고 부러워하며 말했지만 속으로 나는 그게 다 무슨 소용인가 싶었다.

안정이라고? 나나 남편이나 서울대 교수였으니 명예로나 경제적인 상황으로나 걱정이 없었고, 이제 우리 가족은 아들딸까지 갖추어 한국에서 '정상 가족'이라 부르는 범주에 속하게 되었다. 이런 기준이 '안정'이라면 나의 환경은 안정된 걸 넘어 안온한 수준이었다. 하지만 나의 환경과 달리 내면은 삐걱거리며 종일 흔들리고 있었다. 2003년에 내가 낸 음반 〈사랑의 꿈〉의 연주자 노트에는 이런 구절이 있다.

"이 음반을 준비하면서 내 안에 자리잡고 있는 음악과 연주에 대한 갈망을 다시 찾아 음악 안에서 자신을 불태우는 것이 얼마나 아름답고 소중한 것인지 또 그렇게 할 수 있는 여건이 허락되는 것이 얼마나 행운인지 새삼 느끼게 되었다."

언젠가 몇 년이 지나 보스턴에서 이 문장을 다시 보는데, 당시 내가 놓인 모순된 상황이 이 문장 안에 고스란히 녹아 있는 것 같았다. '음악과 연주에 대한 갈망을 불태우는 것이 허락된 여건'이라고 하면서 그것을 왜 '다시 찾아'야 한다는 말인가. 분명 그 시절의 나는 음악과 연주에 대한 갈망을 찾을 수 없는 상황이었던 것이 아니었을까 추측한다. 교수, 연주자, 엄마로서의 1인 3역이 너무 힘들었고 그 무엇도 제대로 수행하고 있지 못했다. 그리고 만약 하나를 버려서 나머지 둘이라도 제대로 할 수 있다면 내가 무엇을 버려야 하는지는 명확했다.

서울대를 그만두려고 했을 때 제일 반대했던 사람은 엄마였다. 학교를 떠나 미국으로 돌아가기로 하는 순간, 당연한 수순으로 이혼이 따라오리라는 것을 미리 짐작했을지도 모른다. 재직 당시에도 엄마는 같은 아파트에 살면서 가끔씩 집에 찾아와 나의 생활을 번번이 살피곤 했다. 들고 온 반찬꾸러미를 냉장고에 넣으면서 잘 지내고 있는지, 또다시 밖으로 나갈 꿍꿍이를 숨기고 있는 것은 아닌지 살폈으리라. 반찬으로 꽉 찬 냉장고 앞에서 엄마는 항상 진지하게 말하곤 했다.

"다른 건 다 괜찮아도 이혼만은 안 된다."

서울대 교수 부부로서 남부러울 것 없이 사는 딸이 '애 둘 딸린 이혼녀'가 되기를 앞두고 있으니 걱정하는 것도 이해는 됐다. 그리고 실제로 만날 때마다 주름이 늘어나는 엄마를 보며 마음속 깊이 내렸던 결정이 조금 흔들리곤 했다. 엄마의 말들은 매번 나갈 기회를 노리고 있는 나를 학교에 붙들어 놓았다. 하지만 언제까지 착한 딸 노릇만 하고 있을 수는 없었다. 결국 사직서를 내고 엄마한테 남편은 두고서 애들과 함께 미국에 갈 거라는 사실을 알렸을 때, 엄마는 나를 다시는 보지 않겠다고 말했다. 당연한 반응이었다. 그렇게 걱정 어린 말을 건네도 아랑곳하지 않고 고생

길이 훤한 인생길로 향하겠다는 딸이 엄마에게는 아픈 손가락이었을 테니까.

오히려 엄마의 반응은 그나마 얌전했던 편이다. 교수직을 그만두고 이혼하고 두 아이를 데리고 미국에 나간다 하는 나를 두고 주변에서는 미친 여자라고 여겼다. 모든 걸 다 가진 여자에서 미친 여자가 되는 것은 한순간이었다. 어떤 사람은 그동안 내가 행운만 누리고 고생을 안 해봐서 세상에 무서운 게 없으니까 저러는 것이라며 손가락질하기도 했다. 뭐 하나 틀린 구석이 없는 정확한 관찰이다. 그때까지 나는 사는 게 얼마나 힘든지 몰랐다. 그때부터 비로소 세상이 무엇인지 알게 되었다.

마흔 살에 무직 상태로 두 아이를 데리고 미국으로 향하던 태평양 위에서, 내가 비로소 인생에서 '결정'이라는 것을 했구나, 하는 생각이 들었다. 그리고 앞으로 이 결정에 대한 책임을 어마어마하게 지게 되리라는 것도 짐작하고 있었다. 이제 나는 삶의 전선에 뛰어들어 생계형 피아니스트로 살아야 했다.

누군가는 내가 끝내 교수를 그만둔 데다 '맞지 않는 옷'을 입었다며 그 시기를 좋지 않게 추억하는 것을 두고, 서울대 교수직을 가졌던 것을 후회하느냐고 묻는다. 나는 그것은 운명이었다고 답하곤 한다.

서울대 교수 생활을 내 인생의 걸림돌이었다고만 이야기하기에 그 시기는 나에게 너무나 많은 것을 주었다. 직업의 지위라는 것은 무서운 법이라, 서울대 교수가 된 뒤로 사람들이 나를 대하는 태도가 달라졌다. 나는 그동안 만날 수 없는 사람들을 만날 수 있었고 그전이었다면 감히 엄두도 낼 수 없는 여러 경험을 할 수 있었다.

또한 서울대를 지나왔기에 한국 음악계가 지닌 한계와 문제도 인식할 수 있었고 내가 거기서 어떤 역할을 할 수 있는지를, 후배 음악인들에게 어떤 도움을 줄 수 있는지를 생각하게 되었다. 미국에 살며 미국이나 유럽 위주로 공연을 다녔다면 전혀 하지도 않았을 고민들을 품게 된 것이다. 연주자 경력으로서만 보자면 그 시기가 걸림돌이었을 가능성이 크지만, 한 인간의 삶에서는 그 잘못된 만남을 거친 것이 걸림돌만은 아니지 않았을까 생각한다. 또한 연주자의 삶만 택했다고 해서 지금까지 연주를 하고 있을지도 어디까지나 모르는 일이다. 그래서 나는 그 선택을 감히 '운명'이라 부르기로 했다.

그럼 그만둔 것을 후회하지 않느냐고 묻는다면? 나는 자신 있게 조금도 후회하지 않는다고 말할 수 있다. 최정점에 올랐다가 산산이 부서지고 다시 올라간 과정을 다 겪고 난 지금이라서 그렇게 말하는 것은 아니다. 생계형 피아니스트로서 내 결정에 호되게 책임을 지던 순간에도 나는 후회하지 않았다.

잘 풀리지 않는 듯한 오랜 날들을 살다 보면 그것을 비정상이라 여기고, 겨우 뭔가 매끄럽게 잘 굴러가고 있구나 싶은 날들이 찾아왔을 때 마침내 나도 정상적인 삶을 살게 되었구나, 생각하게 된다. 이전의 생활로는 다신 돌아가고 싶지 않다고, 반드시 이 생활을 지켜야 한다고 생각한다. 하지만 안온함이 반드시 정상일 필요는 없다. 정상과 비정상을 벗어나서 연주자가(인간이) 추구해야 하는 삶은 끊임없이 성장하고 더 나은 내가 되려는 삶이어야 한다고 믿는다. 그리고 성장이 있는 삶에는 좌절과 불안과 걱정이 필연적으로 함께한다.

안온한 생활에 익숙해져 있다가도 어느 순간 이것이 정녕 나의 삶인가 하고 느낄 때면, 그 각성을 그대로 넘겨서는 안 된다. 안온한 일상에 가려진 내 삶의 무언가가 삐걱거리고 있는 것은 아닌지 살펴보고 포착해야 한다. 그리고 선택해야 한다. 이 편안한 생활을 유지할 것인지, 불안에 몸을 던지더라도 성실하게 내 삶을 실험할 것인지. 어떤 선택이 옳은지는 모른다. 어쩌면 상당히 고단한 책임이 뒤따를 수도 있다. 하지만 나는 그곳이 어디가 되었건 '여기가 종착역'이라면서 눌러앉지 말기를, 아무리 좋은 곳일지라도 그곳을 잠시 머무르는 정차역이나 환승역이라 여기기를 나 스스로에게 당부하려 한다.

저렇게 되고 싶은
사람

레옹 스필리아르트, 「밤」, 1908년

학교에서 아무리 젊은 연주자를 위해 편의를 봐준다고 해도 직장은 직장이었다. 서울대 교수를 하면서 가장 힘들었던 점은 너무나 많은 시간을 가르침에 쏟아야 한다는 것이었다. 한 주에 가르치는 시간이 서른 시간을 넘어서는 순간 나는 더이상 연주자로서 존재할 수 없었다. 어디 부족한 게 시간뿐인가. 나는 이제 젊기만 한 연주자가 아니었다. 에너지도 예전 같지 않아져서 나에게 주어진 하루 스물네 시간이 열두 시간으로 느껴지기 시작했다. 피아노를 가르치는 일이란 모든 학생들을 한꺼번에 강의실에 모아놓고 일주일에 한두 번 수업해서 끝나는 게 아니다. 한 명씩 일대일로 만나 두세 시간을 쏟아부으며 씨름을 하듯 온 힘으로 밀고 당기는 일이다. 그러니 학생 하나를 가르치고 나면 이미 기진맥진해져서 나의 연주를 하는 것은 엄두도 내지 못했다.

　도망치듯 서울대 교수직을 그만둔 지 올해로 십칠 년. 학교는 바뀌었지만 나는 여전히 교수로서 학생들을 가르치고 있다. 2013년에는 클리블랜드 음악원의 교수로 임용되었고 2018년에는 모교인 뉴잉글랜드 음악원의 교수직 제안도 받아들였다. 거리가 1천 킬로미터도 넘는 두 학교 사이를 오가다가 2019년부터는 모교에서의 강의만을 맡고 있다. 교수, 연주자, 엄마로서 1인 3역을 수행하기가 너무 힘들었고 제대로 해내고 있지도 못한다는 이유로 미친 여자처럼 떠나와놓고, 결국은 또다시 그 1인 3역을 맡은 셈이다. 그나마 다행인 것은 그중 엄마로서의 일이 보다 수월해졌을 즈음부터 다시 교수직을 맡게 되었다는 점이다.

그렇다면 지금은 좀 할 만하다는 말일까? 절대 그렇지가 않은 게 문제다. 여전히 나의 모든 요일을 가르침이 지배하고 있다. 과거에 서울대를 내 삶에서 잘라냈듯이, 무언가 가지치기를 해서 내 삶의 키를 제대로 잡지 않는다면 연주자로서 위험하겠구나, 하는 생각이 많이 드는 요즘이다.

연주자가 연주를 하기 위해서는 반드시 빈 공간이 필요하다. 생활에서도 직업에서도 벗어나 온전히 나만의 것으로 채울 수 있는 공간이 있어야 표현이 가능해진다. 특히 청중에게 발표하기 위한 무대를 준비하려면 더더욱 내 머리와 감정 속에 공간이 있어야 한다. 그 공간은 일상에서 여러 다른 일을 하다가 확보한 중간의 자투리 시간에는 결코 마련되지 않는다. 영감은 일상생활의 바깥에서 아주 가끔씩만 그 귀한 얼굴을 내미는 법이다. 다른 일들이 끼어든다면, 또는 다른 일들 사이에 연습이 비집고 들어간 것이라면 생각의 연결고리는 끊어질 수밖에 없다.

따라서 어떠한 제한 시간도 어떠한 데드라인도 없이 피아노를 치면서 영감이 들어오는 순간을 기다려야 한다. 그것은 아무 기약 없는 기다림이다. 그러다 어느덧 내가 다른 사람이 되어 평소의 일상생활에서는 던지지 못한 영감과 깨달음을 스스로에게 던질 때가 있다. 그 순간이면 피아노를 연습하는 것 자체가 수양이자 성찰의 단계에 이른다. 이 정도의 일을 실컷 학생들을 가르치면서 할 수 있을까? 나에게는 능력 밖의 일이다.

물론 교수직이 연주자에게 안정적인 삶을 주는 것은 틀림없는 사실이다. 앞으로 평생 먹고살 걱정 없이 수많은 무대가 보장되어 있는 연주자는 국내에서 정말 손에 꼽을 정도 아닐까. 음악을 하는 사람이라면 배곯을 걱정 없이 편하게 살겠구나 하는 것이 세간의 생각이지만, 실제로는 국제 콩쿠르에서 좋은 성적을 거둬가며 공부를 하는 학생들도 당장 몇 년 후에 나의 미래가 어떻게 될지 몰라 전전긍긍하며 살아가고 있다.

손열음, 김선욱 같은 한국의 젊은 연주자들을 보며 대단하다고 느끼는 게 바로 그 점이다. 이들은 교수직에 관심을 가지지 않는다. 한국 음악계로서는 정말 천만다행한 일이 아닌가. 교수가 되어 십 년 정도 지나면 어느덧 연주자로서의 빛을 잃어, 대중들에게조차 연주자로 받아들여지지 못하는 사람들이 너무나도 많이 있다. 교수를 함으로써 안정을 얻되 자칫 연주를 잃을 수 있다는 것을, 나는 몸소 경험을 해보고 나서야 아프게 깨달은 그 사실을 이들은 어떻게 미리 알았을까? '안정적이든 말든 나는 연주를 하겠어' 하는 그들의 용기가 신기하고, 또 실제로 그것이 가능한 그들의 능력이 부러울 따름이다.

그나마 내가 애써 위안을 삼게 되는 구석은, 가르치는 것이 나의 적성에 꽤나 잘 맞는다는 점이다. 많은 연주자들이 말을 꺼리는 것과 달리, 나는 말해야 하는 자리를 굳이 꺼리지 않으며 사람들 앞에서 말도 곧잘 하는 편이다(웨이트리스와 전화 회사 영업사원으로서 매니저 자리를 제안받은 것은 결코 우연이 아니다). 단지 말을 잘 구사하는 것뿐만이 아니라 상대에게 무엇이 필요하고 상대가 무엇을 원하는지를 파악하는 직감을 어느 정도 지니고 있으며, 이것은 선생으로서 내가 가진 큰 강점이라고 생각한다. 또한 강박적으로 '나는 연주자만 되어야 해!' 하고 생각하는 것도 아니다. 나를 거친 많은 학생들의 뒷모습을 흐뭇하게 지켜보며, 가르치는 사람으로서의 일을 앞으로도 내 역할의 하나로 가져가고 싶다.

하지만 그렇게 선생으로서의 사명을 스스로에게 다독일 때마다 나를 괴롭히는 질문이 있다. 연주를 하지 않고 가르치기만 해서 학생들에게 최상의 것을 줄 수 있을까? 아니, 그럴 수 없다고, 연주를 하지 않는다면 내 가르침의 수준도 떨어질 것이라고 생각하기에 이리도 머리를 싸매고 고민하는 것이다.

어쩌면 이 모든 죄책감이 다 셔먼 선생님을 보고 자랐기 때문은 아닐까 하는 생각이 든다. 셔먼 선생님은 '참된 스승의 상像'이라는 것을 내게 보여주었다. 선생님은 늘 말하곤 했다. 참된 스승은 자신이 아는 것을 가르쳐주는 사람이 아니라, 학생이 미처 깨닫지 못한 것을 보게 해주는 사람이라고. 오랫동안 선생님의 모습을 지켜봐 왔고 이제는 스스로 가르치는 일을 오래 해오면서 깨달은 바가 있다. 가르치는 것보다 학생으로 하여금 스스로 깨닫게 한다는 선생의 일이 몇 배는 어렵다는 것을. 셔먼 선생님처럼 가르치는 사람에게 그만한 실력이 없다면 결코 해낼 수 없는 일임을 이제야 깨닫는다.

셔먼 선생님은 희생하지 않는 연주자였다. 말하자면, 가르침으로 인해 자신의 연습과 연주가 희생되는 것을 한 치도 용납하지 않는 사람이었다. 혼자서 음악에 대해 생각하기로 엄격하게 정해둔 시간이 있었고, 그 시간은 누구에게도 방해받지 않았다. 그러면서도 레슨 시간에는 '학생이 미처 깨닫지 못한 것'을 파악하기 위해 온 초점이 학생에게만 맞춰져 있었다.

젊었을 적에는 더 많았다고 하지만 내가 사사했을 적 셔면 선생님의 학생은 고작 다섯 명에, 수업은 화요일과 목요일 이틀뿐이었다. 오후 세 시부터 일곱 시까지 네 시간씩, 일주일에 여덟 시간만을 가르치고 그 외에는 절대로 학생을 가르치는 일이 없었다. 그리고 나머지 닷새는 철저하게 루틴을 따랐다. 아침에 일어나 식사를 한 뒤 열 시에 피아노 앞에 앉아 저녁 일곱 시까지 연습했다. 그 시간 동안에는 부인인 변화경 선생님을 포함하여 아무도 그를 만날 수 없었다. 주말이란 개념도 존재하지 않았다. 토요일과 일요일은 월·수·금요일과 똑같이 연습하는 날일 뿐이었다. 어쩌면 종교인보다도 더 종교인 같은 삶이었다.

학교에 소속된 교수인데도 불구하고 많은 학생을 받지도 않고 가르침에 최소한의 시간만을 투여하며 한 발짝도 희생하지 않으려는 그를 이기적인 선생이라고 봐야 할까? 선생님에게 가르침을 받은 운 좋은 제자로서 나는 조금도 그렇게 생각하지 않는다. 좋은 선생의 조건에는 가르침의 기술이 좋은 사람, 학생에게 자신의 모든 것을 내어 주는 사람, 자신보다 학생을 훌륭하게 만드는 사람 등 여러 가지가 있을 것이다. 하지만 학생에게 가장 좋은 스승이란 '저렇게 되고 싶은 사람'이다. 셔먼 선생님은 그 기준에 완전히 부합하면서 거기서 한 발 더 나아가기까지 했다. 그분은 '저렇게 되고 싶지만 도저히 될 수 없는 사람'이었으니까.

선생은 길지 않은 시간 동안 너무나 좋은 가르침을 주었지만 동시에 나는 당신의 연주를 들으며 저 사람은 교수다, 라는 생각을 단 한 번도 품어본 적이 없었다. 가르침을 받는 나에게조차 선생은 어디까지나 연주자로 존재했던 것이다. 나를 비롯한 제자들이 가장 높이 사며 우러러본 것이 바로 선생의 그러한 측면이었다.

1930년생인 노령의 선생은 이제 옛날만큼 건강하지는 못하다. 제자를 가르치는 일은 일찍이 그만두었고, 편찮은 몸으로는 본인의 연습 루틴을 최소한으로 따르는 것조차 여의치가 않다. 내가 애써 생각을 떨쳐내려 하든 말든 진실은 변하지 않는다. 2021년, 평생 유일한 스승이었던 안나 파블로브나 칸토르를 떠나보낸 예브게니 키신처럼, 나도 언젠가는 선생과의 이별을 맞게 될 것이다.

하지만 그가 영영 피아노 건반을 누를 수 없는 몸이 된다한들, 내가 가장 강렬하게 기억하는 당신의 형상은 저만치 떨어져서 나의 연주를 듣고 있는 스승으로서의 모습이 아니라 자신의 피아노 앞에 앉아 자신의 음악을 연마하고 있는 연주자로서의 모습일 것이다. 또는 무대 위에서 모든 관객이 숨죽이고 지켜보는 가운데서 마치 구도자와 같은 모습으로 연주하는 모습이거나. 그리고 그의 발톱만큼이라도 따라가고 싶은 나 역시, 나의 제자들에게 그렇게 기억되었으면 하는 마음이다.

가르치는 연주자. 그것이 선생의 뒤를 따라 내가 선택한 길이다. 나는 제대로 하고 있을까? 여전히 부끄러움이 앞서서 단번에 긍정하기는 어렵겠다. 그렇다면 나는 제대로 할 수 있을까? 아직까지는 제대로 하고 있지는 못하나 제대로 하지 않으면 안 된다, 하는 것이 지금 내가 할 수 있는 대답이다.

엄마에겐
엄마의 연주가 있다

레옹 스필리아르트, 「욕조」, 1917년

2005년, 마흔 살의 나는 미국으로 향하는 비행기 안에서
태평양을 지나고 있었다. 한국과 미국을 오가는 것이 이걸
로 몇 번째인지 세보다가 숫자가 많아지고 피곤해져서 포기
했다. 비행의 경험 하나하나가 각별하게 느껴지지 않게 된
것이 어느덧 한참 전이니, 언제 무슨 일로 오갔는지도 잘
기억나지 않았다. 그나마 뚜렷이 기억나는 비행은 하나뿐이
었다.

   1979년, 열네 살의 나는 미국행 비행기에 홀로 타 있었
다. 외롭지는 않았다. 곧 도착할 미국에는 나의 보호자라
할 수 있었던 추승옥 선생이 있었다. 그리고 머지않아 어린
나의 스승이 될 변화경 선생님과 러셀 셔먼 선생님이 있었
다. 가족들을 두고 떠나는 것이었지만 어차피 대구에서 서
울로 올라와 예원학교를 다닐 적도 유학이나 마찬가지였다.

   물론 당시의 미국 땅은 지금보다 훨씬 더 멀게 느껴졌다.
그 머나먼 타국에 조금씩 가까워지고 있다고 생각하니 무슨

모험이라도 되는 양 가슴이 벅차올랐다. 한동일, 백건우, 정명훈 등 나의 위인이었던 이들의 이름을 떠올렸다. 지금 향하고 있는 저 땅에서 나도 그렇게 되고 말리라고 작게 다짐했다. 세상은 나의 무대였고 나는 그 무대의 주인공이 되리라 확신했다.

그로부터 스물여섯 해가 지났을 때, 이 비행기를 비롯해 지상에서도 나의 보호자 역할을 해줄 사람은 이제 없었다. 오히려 내가 보호해야 할 두 명의 아이가 내 옆에 앉아 있었을 뿐. 그리고 새로운 거처가 될 뉴욕에서는 아무도 나를 기다리고 있지 않았다. 부족하지 않게 정기적으로 돈을 보내줄 사람도 없었다. 아버지는 오래전에 돌아가셨고 엄마는 만류에도 불구하고 잘못된 선택을 한 딸을 외면하기로 한 참이었다. 아직 이혼은 하지 않았으나 당시의 남편이 앞으로는 내 남편으로 존재하지 않을 것임은 쉬이 짐작되었다. 누군가는 나의 도미渡美를 연주자로 서기 위해 드넓은 세계로 나아갔다고 표현했고 아주 틀린 말은 아니었지만, 나는 그리 자신감에 차서 태평양을 건너고 있지 못했다. 오히려, 광야에 혼자 버려진 기분이 이런 건가 싶었다.

벨트를 맨 채 곤히 자고 있던 네댓 살배기 아들딸의 얼굴을 보며 많은 생각이 오갔다. 지위라는 것의 무서움은 그것을 잃는 순간 더욱 절실하게 알게 된다. 교수라는 지위에 올라가 있었을 적에는 그것이 꼭 나의 무궁무진한 가능성을 발휘하지 못하게끔 하는 짐짝처럼 느껴졌다. 그 지위를 내려놓고 민낯의 나를 마주하고 나니 알게 되었다. 그동안 스스로를 얼마나 대단한 사람으로 착각했던 것인지를.

중학생 때 커다란 자신감과 함께 미국으로 향하던 그날로부터 이십육 년 동안 나는 스스로가 대단한 것을 이루었다고 생각하며 살아왔다. 하지만 무엇을 이루었을까, 라는 질문에 쉽사리 대답할 수가 없었다. 콩쿠르 수상 내역을 읊어보았으나 그것이 다 무슨 소용일까, 나란 인간 자체와 무슨 상관이 있나 싶었다. 내가 이루었다고 생각한 결과들이 모래성에 불과했다는 사실이 드러나는 것은 한순간이었다.

연주자로 바로 서겠다고 했으나, 교수를 하며 오로지 음악에만 몰두하지 못한 세월이 십 년이었는데 나에게 누가 무대에 오를 기회를 줄 것인가. 간혹 기회를 얻더라도 그것이 내 모든 것을 쏟기에 충분한 무대일까. 내가 그 불안정을 견딜 수 있을 만큼 강한 사람일까. 나는 차이콥스키 콩쿠르 전, 반 클라이번 콩쿠르에서의 실패 이후로 돌아가 있었다. 어디서 어떻게 시작해야 할지 몰랐다. 게다가 홀로 이 어린아이들을 키워야 하는 엄마의 몸으로 어떻게?

그렇게 다시 미국에 건너와 뉴욕의 한 아파트에 자리잡았을 때 가장 위안이 되었던 사실은 돈이라도 부족하지 않다는 점이었다. 이젠 보태줄 사람도 없고 벌이도 적었지만 그동안 모아두며 굴려온 돈이 충분히 있었다. 하지만 안 좋은 일은 꼭 힘든 시기를 골라서 찾아오는 법이다. 어리석게도 투자 실패를 겪어, 살던 아파트를 제외하고는 모아둔 돈이 전부 날아가 버렸다.

그즈음 공연기획자이면서 나의 반평생 동안 국내외 매니지먼트를 담당해 주던 이명아 대표가 나에게 이런 말을 했다. 한창 생활의 압박과 육아의 피로에 지쳐서 내가 이래저래 무대를 가리며 작은 무대에 서는 것을 껄끄러워하던 시기였기에 평소보다 이 대표의 목소리가 진지하고 무거웠다.

"혜선아, 너는 이제 드디어 생계형 피아니스트가 된 거야. 태어나서 처음으로 말이지. 앞으로는 너의 열 손가락을 움직이지 않으면 너나 아이들이 먹고살 게 없어지는 거야. 이제는 피아니스트를 직업으로 해서 네 생계를 꾸려나갈 시점이 왔어."

내가 아직 그 말이 무슨 뜻인지 이해하지 못해 대답이 없자 그는 몇 마디를 더했다.

"절대 쉽지 않을 거야. 예전처럼 살게 되려면 몇 년은 걸리겠지. 아마 그때까지는 네 인생에서 가장 힘든 시간이 될 수도 있어."

생계형 피아니스트. 하긴 그랬다. 피아노를 친 것이 이제 삼십여 넌이었고 피아노로 돈을 벌어온 세월이 한참이었지만, 그동안은 피아노로 먹고살며 내 가족의 생계를 유지한다고 생각하지 않았다. 음악 인생에서 처음으로 상황이 바뀌게 된 것이다. 이제 내 손을 움직여 피아노를 치지 않으면 나와 아들딸이 배를 곯을 수도 있다.

나의 선택에 따른 나만의 고통이면 그것은 얼마든지 견딜 만했을 것이다. 오히려 낭만적인 아픔이었을 수도 있다. 그러나 엄마의 선택이 불러온 불운을 아들딸이 함께 끌어안아야 한다는 사실에 가슴이 찢어지게 아팠다. 미국에 처음 왔을 때만 해도 밖에 따로 두었던 연습실을 처분하고 그 공간에 있던 피아노를 살던 아파트로 들여왔을 때 아이들은 이제 우리 가족의 삶이 예전 같진 않으리라는 것을 직감했을 것이다. 그리고 꼭 직감하지 않았다고 해도 어차피 나는 그들이 앞으로 겪게 될 일을 직접 전할 수밖에 없었다. 안타깝지만 다니던 사립학교를 그만두고 공립학교로 전학을 가야 한다고, 앞으로는 한 반에 열 명이 듣던 수업을 서른다섯 명이 함께 듣게 될 거라고. 딸아이는 한동안 학교를 마치고 오면 매일 엉엉 울었고, 나는 죄인이 된 마음으로 마땅히 그 울음을 감내해야 했다.

피아니스트로서 설 수 있는 어떤 무대든 마다 않고 선 것은 그때부터였다. 아들딸을 재우고 나서 밤새워 연습하고,

또 아침이 되어 아이들을 깨워 등교시킨 뒤에 잠깐 자고 또 연습하는 생활이 반복되었다. 내 딴에는 주말만이라도 완전히 아이들과 보내는 시간으로 마련해 두고 그 시간을 철저히 지키려 했지만, 아들딸에게 그걸로는 많이 부족했을 것이다. 아들은 혼자서 자랐고, 딸은 아들이 키웠다.

생계형 피아니스트가 되었지만 거기서 더는 물러날 수 없었다. 레슨비를 받고 학생을 가르치거나 한다면 서울대를 그만두고 미국에 건너온 이유 자체가 유명무실해지는 것이었다. 그것만은 허용할 수 없는 일이다. 아무리 생계형 피아니스트라 할지라도 '연주자'로서 존재하는 것을 포기할 수는 없었다. 그 상황에서 눈앞의 아이들을 보며 나 자신을 애써 설득했다. 이 아이들 앞에서 열심히 연습하는 것이, 즉 내가 연주하는 것을 보여주는 것이 육아이자 교육이자 사랑일 것이라고. 하지만 그러한 스스로를 향한 설득(세뇌)에도, 엄마도 아빠도 없이 자라는 아이들을 향한 미안함은 가시지 않았다. 나는 아들딸에게 말했다.

"엄마는 우리 가족이 살기 위해서, 또 너희한테 필요한 걸 사주기 위해서라도 집에 있을 수가 없어. 피아노를 치고 돌아다녀야만 너희가 사고 싶은 걸 사줄 수 있어. 그렇지만 너희가 당장 엄마 없으면 죽을 것 같을 때는 뒤도 안 보고 엄마로 돌아올 거야. 너희한테 반드시 엄마가 필요하면 그

즉시 연주를 그만둘게. 엄마도 엄마의 역할이 첫번째야. 피아니스트는 두번째고."

그 말은 나 자신에게 당부하는 말이기도 했다. 다행히도 아들딸은 나의 연습을 존중해 주었다. 아들딸이 초등학교 때부터 음악을 접했기 때문에 엄마와 함께 음악이라는 언어를 공유하고 있던 덕분인지도 모른다. 아이들은 연주를 한다는 것이 얼마나 힘든 일인지, 작은 무대일지라도 거기에 올라가려면 얼마나 연습을 해야 하는지 이해하고 있었다. 나로서는 그것이 형언할 수 없을 만큼 고마웠다.

의도한 바는 전혀 아니었지만 음악에 엄마를 빼앗긴 채 자란 아들딸의 경험은 그들이 하버드에 들어가는 데 조금이나마 도움이 되었다. 대학 입학 에세이를 쓰면서 아들과 딸은 둘 다 엄마를 비롯한 어른이 없는 가운데서 자란 경험담을 글에 녹여냈는데, 내 생각엔 그 내용으로 꽤 적지 않은 점수를 딴 듯하다.

다른 좋은 내용도 많았지만 그 에세이에서 자기 엄마에 대한 구절이 가장 기억에 남아, 자식 자랑삼아 들려주고자 한다. 아들은 대략 이렇게 썼다.

"엄마는 늘 연주를 하느라 집을 떠나 있었지만 나는 알고 있었다. 사랑은 보이지 않는 순간에도 계속된다는 것을. 음악에서는 쉼표도 음악의 한 요소인 것처럼 말이다."

"엄마가 없는 집에서 그 많은 밤들을 보내며 나는 오히려 엄마가 지닌 강인함을 배울 수 있었다."

어쩌면 이기적이라고 할 수 있던 엄마를 이렇게나 변호해 주다니. 아이들 앞에서 열심히 연습하고 연주하는 것이 사랑일 것이라던 나의 믿음이 더이상 일방적이었던 것이 아니게끔 만들어준 고마운 문장이었다. 그로부터 이 년 뒤에 딸이 쓴 글은 이러했다.

"나에게 나의 인생이 있듯이 엄마에게도 엄마의 인생이 있다. 피아니스트인 엄마의 인생에서 가장 중요한 것은 연주하는 것이다. 그것이 나의 엄마이다. 나는 그러한 엄마의 본질을 받아들일 것이다."

내가 열아홉에 이들 정도로 성숙한 인격을 갖추었던가. 엄마로서 성공했다고 말하지는 않겠다. 이렇게나 똑똑하고 대견한 아이들로 자란 것은 몹시 과분한 일이지만, 내가 엄마로서의 일을 훌륭히 해낸 덕분이라고는 생각하지 않기 때문이다. 그리고 성장기에 겪은 엄마의 결핍이 아들딸의 이후 삶에 어떠한 악영향을 미칠지도 모르는 일 아닌가. 부디 그런 일이 일어나지 않기를 바란다.

2005년 미국으로 향하는 비행기에서, 나는 쌔근쌔근 자는 아이들을 보며 고민했다. 내가 엄마로서 이 아이들을 키우면서 연주자로 바로 설 수 있을까? 십여 년이 지나 이제야 좀 편하게 대답할 수 있을 것 같다. 엄마가 되어도 연주를 할 수 있다. 아니, 어쩌면 엄마의 시간 때문에 음악에서 풍기는 무언가도 있다. 엄마에게는 엄마의 연주가 있다.

당시 나는 그 고민에 쉽게 대답하지 못했다. 그래, 솔직히 말하련다. 내가 한없이 사랑하는 아이들이었지만 앞으로 내가 연주자로서 서는 데에 가볍지 않은(그러나 결코 내려놓지는 않을) 짐이 되지는 않을까 생각하기도 했다. 하지만 그 고민을 해결해 준 것은 정작 내가 아니라, 내 옆에서 곤히 자고 있던 아들딸이었다.

그럼에도
불구하고

레옹 스필리아르트, 「항적이 남은 바다」, 1902년

2021년 7월 평창대관령음악제에서 손열음과 듀오 무대를 마련하기로 했다. 워낙 음악계를 넘어 대중적으로 인기를 얻고 있는 연주자이기에 그가 직접 이메일로 제안을 해왔을 때 내가 아는 손열음씨가 맞느냐며 확인까지 했다. 우리는 모리스 라벨의 〈라 발스〉를 비롯해 세 곡으로 구성된 프로그램을 꾸리자고 연락을 나누었다.

　공연을 며칠 앞두었을 때 첫번째 리허설을 하기로 하여 손열음을 만났다. 실제로 만난 건 그가 중학생일 때 이후로 처음이었다. 당시에 혼자 비행기를 타고 국제 콩쿠르에 다니고 있다기에 굉장히 신기해했던 기억이 있었다. 그 당돌한 중학생은 그로부터 십여 년 뒤에 차이콥스키 콩쿠르에서 2위를 했고 이제는 사 년째 이 큰 음악제를 총괄하는 예술감독이자 한국을 대표하는 세계적 피아니스트가 되어 있었다. 그는 나를 만나자마자 미안한 표정을 지으며 말했다.

　"선생님, 너무 죄송해요. 제가 악보를 못 보고 왔어요. 선생님이 가르쳐주셔야 해요."

예술감독으로 한 음악제를 이끈다는 것이 얼마나 고된 일인지 나도 부산국제음악제를 겪으며 잘 알고 있었다. 감독 업무 외에도 그가 연주자로서 올라야 하는 무대가 셀 수 없이 여럿이었으니 잠도 못 잘 정도로 바빴을 것이다. 하지만 나는 "괜찮아요, 얼마나 바빠요" 하는 한편으로, 공부 잘하는 친구들이 꼭 시험 날 저렇게 준비를 하나도 못 해왔다고 말하지 않나 의심하는 마음도 있었다.

그런데 그가 자리에 앉아 악보를 꺼내는데 정말 깨끗한 종이가 펼쳐졌다. 한 번도 펼쳐본 적 없는 듯한 악보를 보며, 천재라고는 들었지만 오늘 이 리허설은 괜찮을까, 하는 걱정이 문득 스쳤다. 하지만 그 생각이 마저 다 스치기도 전에 지인들의 언질이 먼저 떠올랐다. 내가 제안한 두 곡을 두고 손열음이 '익숙하지는 않은 곡이지만 선생님이 원하는 대로 다 하고 싶다' 했다고 하자, 주변 사람들은 오히려 나를 걱정하며 말했다.

"손열음은 결국 무대 위에서는 다 해요."

"손열음이랑 연주하면 너는 잘 아는 곡을 치면서도 악보를 모르는 사람같이 될 수 있어."

두 시간 정도 리허설을 하는 동안 지인들의 말이 틀리지 않았다는 것이 판명되었다. 손열음은 자기 몫을 다 하고 있었고 오히려 내가 틀리고 있었다. 피아노 듀오란 음색이 대조되면서도 비슷해야 해서 서로의 연주를 맞춰가면서 해야 하는데, 내 쪽에서 맞춰주는 역할을 하기가 버거울 정도였다. '이거 위험하겠는데?' 하는 생각이 절로 들었다. 내가 지금보다 더 준비되어 있어야만 제대로 된 앙상블을 선보일 수 있겠다 싶었다.

두번째 리허설 때도 마찬가지였다. 손열음은 마치 곤란하다는 듯한 표정으로 "이렇게 하면 되는 걸까요, 선생님?" 하고 물어보는데 이미 내가 악보를 보는 수준보다 더 잘 보고 있었다. 음악감독으로서 그 바쁘고 정신없는 와중에, 첫번째 리허설 뒤로 꾸준히 연습을 이어왔을 거란 생각이 들지는 않았다. 이 곡에 집중된 연습을 하지 않아도 그 수준이 유지된 것이다. 하루만 연습을 빼먹어도 원상태로 복귀하는 나와는 달랐다. 나는 속으로 경계하며 생각했다.

'이 친구는 같이 올라선 무대 위에서 나를 한없이 작게 만들 수 있는 연주자구나. 정말 자칫하는 순간 나는 완전히 망신살이 뻗칠 수도 있겠네.'

젊은 연주자를 따라가기에 버거움을 느끼면서도 기에 눌리지 않도록 엄청나게 집중할 수밖에 없었다. 다행히 연주는 성공적이었으나 근래에 어느 연주를 마쳤을 때보다 큰 피로가 몰려왔다. 그리고 이번 연주 외에도 이 음악제의 여

275

러 무대에 올라야 하며 예술감독 일까지 수행하느라 분명히 나보다 몇 배는 피곤했어야 맞지만 여전히 쌩쌩한 손열음을 보며 느꼈다. 저렇게 수직으로 상승하면서 연주하는 사람은 처음이라고.

요 몇 년 동안 이런 기분을 안겨주는 사람은 비단 손열음만이 아니다. 김선욱, 조성진, 그리고 셔먼 선생님의 영향을 고스란히 받아 엄청난 스케줄의 연주와 가르침을 겸하고 있는 손민수, 또 위대한 스승 손민수를 사사하고 지금 음악계에 돌풍을 일으키는 중인 임윤찬까지. 젊고 뛰어난 연주자들 사이에서 나이 든 연주자의 존재 이유를 가끔씩 묻게 된다. 너무나 재주가 많고 또 그에 합당한 대중적 인기까지 누리고 있는 그들을 보면 부러운 마음마저 생긴다. 특히 한국의 클래식계는 계속해서 발전하고 있으니 이 좋은 인프라와 환경이라면 점점 더 뛰어난 연주자들이 새롭게 나타나지 않을까. 지금 음악계에서 가장 화제인 이 천재들보다 더 훌륭한 실력을 지닌 천재들이 거듭 나올 텐데 그때 나의 자리는 어디일까.

음악의 세계가 나이 든 연주자를 대하는 태도는 다른 예체능의 세계에 비해 조금 독특한 면이 있다. 스포츠만 해도 나이가 들면 더이상 선수로 뛰는 것이 허락되지 않는다. 쉰 살이 넘은 최경주 선수가 여전히 활약하는 골프 정도만을 제외하면, 기량이 떨어진 노장 선수는 후배에게 자리를 양보하고 지도자 등의 자리로 눈을 돌릴 수밖에 없다. 연기를 하는 배우는 나이가 들어도 다른 역할로 연기를 할 수 있으나 보다 적은 역할이 주어지는 편이고, 가수 역시 이와 비슷하다. 반면 클래식 음악은 나이가 들었다는 것 자체에 인색하지 않게 구는 편이다. 그럴 이유가 없다. 새파랗게 어린 연주자이든 노령의 연주자이든 어차피 대개 이백 년은 지난 오래된 음악을 하고 있는 셈이니까. 우리는 같은 무대에 올라 같은 관객(시장)을 상대해야 한다. 아무리 음악의 세계에 경쟁이란 없다고 하지만 상황이 이렇다 보니 가끔은 신구新舊의 경쟁 비슷한 느낌을 받기도 한다.

그러나 나이가 들어 자연스럽게 떠나갈 일이 없다는 것은 나이 든 연주자로서 환영할 일만은 아니다. 그 말은 곧, 찾아주는 사람이 줄어들거나 없어진 어떤 연주자들은 '부자연스럽게' 무대를 떠나야 한다는 말이니까. 발표할 무대가 없는 연주자는 더는 스스로를 연주자라 부를 수가 없는 것이 이곳의 생리이다. 한 명의 연주자로서 그날이 오지 않기를 바라지만 나라고 안심할 수는 없다. 이런 처지니 본인을 아직 '한창때의 연주자'라 여기는 나는 스스로에게 묻곤 한다. 나이 들어가는 연주자로서 나는 왜 존재해야 하는가? 내가 무엇을 할 수 있을까?

사실 '왜 피아노를 쳐야 하는가'라는 물음은 줄곧 나를 따라다니던 질문이었다. 아주 어릴 적이나 초등학생 때는 아무것도 모른 채로 쳐왔는데 그러다보니 어느새 주변으로부터 "피아노 치는 애"로 불리고 있었다. 정체성에 눈을 뜨는 시기가 되자, 내가 나 자신으로 받아들여지지 않는다는 것이 가장 힘들었다.

왜 피아노와 엮이지 않으면 나에겐 특별함이 없을까? 피아노가 없으면 대체 나는 뭐지? 피아노 말고 내가 할 줄 아는 것은 없나? 음악을 하지 않는다면 나 자신을 소개할 말이 있기나 할까? 크고 작은 콩쿠르에서 좋은 성적을 거두고 피아노 실력은 남들에게 그리 빠지지 않는구나, 하는 것을 자각한 다음에도 그러한 정체성의 혼란은 가시지 않았다.

질풍노도의 시기에 시작된 그 해묵은 갈등이 사라진 것은 성인의 시기에 이르고 나서도 한참 뒤였다. 세월에 의해 이런저런 풍파를 겪고 다시 연주에 몰입하게 되었을 즈음, 다음과 같은 깨달음이 나에게 찾아왔다. '음악은 나보다 중요하다.' 다시 말해, 내가 연주하고 있는 이 음악이 나라는 한 인간보다 훨씬 위대하고 중요하다. 한 개인으로서는 뼈아픈 그 사실을 인식하고 나니, 드디어 나는 진심으로 음악을 사랑하게 되었다. 그리고 음악을 하고 있다는 사실에 커다란 감사와 환희를 느꼈다.

한때는 성공의 잣대를 제대로 세우지 못해 유명해지고 싶다는 마음도 꽤 컸다. 차이콥스키 콩쿠르에서 입상하기 전만 하더라도 일이 없으면 어쩌지, 나중에 연주할 무대가 주어지지 않으면 어떡하지, 하며 걱정했다. 그러나 내가 하는 일이 나보다 중요해진 이상, 그런 것은 부차적인 문제가 되었다. 나는 음악에 헌신하는 사람이니까. 나를 위해 일하는 것이 아니라, 나를 음악에 바치기 위해서 음악을 더 알고 터득해 간다는 사명을 완수하는 것이니까.

이 일을 계속하는 것이 맞는지 불안할 때, 또는 내가 나의 일을 충분히 사랑하는지 혼란스러울 때는 '그럼에도 불구하고'를 붙여보아야 한다. 이 일을 해서 성공하지 못할 수도 있다. 세상이 주는 다양하고 황홀한 즐거움을 포기해야 할지도 모른다. 그럼에도 불구하고 당신은 당신의 일을 할 것인가. 대답이 예스라면 어떻게든 해야 한다는 것이 나의 생각이다. 그리고 순진하다 할지도 모르지만, 세상은 헌신의 마음을 지닌 사람을 끝내 실망시키지 않는다는 것이 나의 믿음이다. 물론 대답이 예스가 아닌 사람도 있을 것이다. 그리고 얄궂게도 성공으로서의 결과를 목표로 하는 사람이 정말로 성공하는 일도 있는 게 사실이다. 그러나 오십여 년을 살아오며 음악계를 지켜봐 왔을 때 그런 성공은 오래가지 못했다. 한번 성공을 취득한 이상 동기를 부여하는 동력이 떨어져 관심이 줄어들기 때문이다.

음악에 헌신하기로 마음을 다잡은 나는, 이제야 비로소 음악보다 덜 중요한 나를 받아들였고 취약한 자신을 전보다 사랑하게 되었다. 생각지도 않은 결과였다. 세상이 나를 어떻게 보는지, 내가 어떤 사람으로 보여야 하는지도 더이상 예전만큼 관심이 가지 않았다. 그런 것은 다 올가미일 뿐이라고 생각되었다. 그리고 인생은 그 시기부터 음악적 성공을 조금씩 안겨준 듯하다. 여기서 말하는 '성공'이란 유명세나 인기, 경제적 안정 따위가 아니다. 그것은 내가 믿는 사람들로부터의 조용한 인정과 진정한 조언, 그리고 내 연주에 쏟아지는 어떠한 비평도 음악을 향한 나의 사랑을 흔들어놓지 못하리라는 은근한 믿음 같은 것들이었다.

다시 앞의 나를 괴롭히던 질문으로 돌아가 본다. 나이 들어가는 연주자로서 나는 왜 존재해야 하는가? 내가 무엇을 할 수 있을까?

앞으로도 기교적인 면에서 젊고 창창한 연주자가 들려주는 수준을 나는 결코 따라잡지 못할 것이다. 무대에서 한번도 해오지 않았던 획기적인 기획을 시도하는 일도 그들보다 부족할 것이다. 한 세대 이전의 연주자인 내가 지금의 젊은 연주자들만큼 모든 세대를 아우르는 대중을 상대로 감동을 자아내기란 쉽지 않을 것이다. 그럼에도 불구하고, 내가 할 수 있는 연주를 계속해 볼 생각이다. 젊은 연주자만이 들려줄 수 있는 연주가 있다면, 늙어가는 연주자가 들려줄 수 있는 연주도 있다. 러셀 셔먼 선생님이 아흔에 다다른 나이에도 연주 자체로 나를 울린 것처럼, 예순, 일흔이 넘은 나의 선배들이 저 앞에서 음악의 길을 묵묵히 걸어가고 있는 것처럼 나도 나만의 세계를 그려가고 싶다.

내가 오를 무대가 언제 사라질지 알 수 없지만 아직은 쉽게 물러서거나 포기할 생각이 없다. 이 글을 쓰는 나의 나이는 쉰여덟이다. 한 예술가가 정말로 자기의 세계를 걷고 있는가를 보기에는 아직도 부족한 나이다. 예순 살은 훌쩍, 아니 일흔 살은 지나야 하지 않을까. 그때까지 연주자로 남아서 여태 예술에 파고들고 있는 사람이 진정한 예술가이다. "저 사람은 정말 '쟁이'구나"라고 말할 수 있는 삶 말이다.

후배들의 길을 가로막겠다는 뜻은 추호도 아니다. 젊었을 때와 달리 반드시 큰 무대에 서고 싶다는 마음도 이제는 없다. 더이상 그런 것은 중요하지 않아졌다. 단 한 사람이라도 내 연주를 진정으로 들어주는 관객 앞이라면 그걸로 족하다. 나는 선생의 입장에도 서 있기에, 내가 못다 한 것은 나의 후배나 제자들이 한다면 충분하지 않을까 생각한다.

사실 이런저런 엄살을 늘어놓았지만 생각해 보면 나이가 들면서 쉬워지고 편해지는 것도 많이 있다. 연주를 한다는 것은 일종의 근육운동인 만큼 예전에는 하루에 여덟 시간에 이르는 강행군의 연습을 매일 반복해야만 했다. 하지만 어느 시기에 이르니 손가락이 내가 하고 싶은 것을 그대로 따라가는, 근육운동이 조금 덜 필요한 단계에 이르렀다. 이제는 신체적인 훈련이 아니라, 무엇을 어떻게 전달할지, 그리고 나의 생각과 마음이 들려주고 싶어하는 목소리를 나의 피아노 소리와 어떻게 일치시킬 수 있을지를 객관적으로 듣고 고민하는 정신적인 연습에 집중하게 되었다.

또한 피아노를 주무르며 현란한 기교를 보여주는 연주도 있는 한편, 다양한 도구로 음악을 자유롭게 표현하고, 연주자의 확실한 생각이 살아 있는 소리로 전환되게 하여 전체적인 구도와 큰 맥락을 잡아주는 연주도 있다는 것을 알게 되었다. 너무 꾸미는 것보다는 단순화시켜 큰 관점에서 볼 수 있도록 청중에게 음악을 던져주는 쪽이 훨씬 더 영향력 있는 연주가 아닐까, 하는 관점으로 바뀌었다. 그리고 어떤 선택을 해야 잘 들리는지를 아는 것은 아무래도 충분한 연륜이 따르지 않으면 안 되는 일이다. 한마디로 연륜이 쌓여야 유리한 점도 있다는 이야기다.

이십대 때 서먼 선생님을 사사하면서, 내가 육칠십 살이 되어도 음악을 하고 있을 것인가를 혼자 궁금해했다. 다행히도 이대로라면 적어도 얼마 남지 않은 예순 살에는 음악을 하고 있을 것 같다. 한동일, 신수정, 백건우, 정경화, 정명훈, 이경숙…… 존중과 존경을 하지 않을 수 없는 나의 영웅이자 위인들의 이름이다. 러셀 셔먼과 변화경 선생님이 그랬듯이 이들은 혼자 늙어가지 않았다. 그들의 소리가 남긴 여운을 따라다니던 청중과, 또 그들의 연주와 가르침을 통해 늦게나마 깨달음을 터득한 수많은 제자와 함께 늙어갔다. 내가 따르고 싶은 길이 바로 그 길이다. 오랜 세월 동안 나의 연주를 찾아주는 청중들과 함께, 그리고 순수히 음악에 헌신하는 후배와 제자들과 함께 늙어가고 싶다. 나보다 훨씬 더 중요한 음악을 하면서, 이 거대한 산을 끝없이 등정하는 기분으로 음악에 헌신하면서 말이다.

감사의 말

지난 몇 년간 나에게 일어난 많은 일들을 아직 현실로서 받아들이기 전이다. 이 현실과 비현실의 공간에서 많은 사람이 떠나갔는데, 이는 내 나이가 들어 그런 것일까? 아니면 전염병의 유행이 정말 유난히 많은 사람을 나에게서 앗아간 것일까?

그 처음은 2018년. 나의 음악 인생의 동반자이자 가장 큰 팬으로서, 본인보다 나를 더 아끼고 사랑해준, 내가 연주자로 존재해야 하는 이유를 매일 외쳐온 나의 매니저이자 부산 아트매니지먼트 이명아 대표님의 갑작스런 소천이 시작이었다.

2021년 5월 초, 내 아들딸을 본인의 손자 이상으로 사랑해서 한국에서 뉴욕으로 매년 달려오던 이모가 갑작스럽게 소천하였다. 코비드 때문에 제대로 몇 년 보지도 못해 더 섭섭하고 마음이 아프다. 그로부터 3주 후인 6월 초에는, 십 년 이상 지병을 앓던 어머니를 떠나보내며 아쉬워했다.

그 슬픔을 추스르기도 전인 9월에는 내 인생의 파트너 필립 케윈의 차례였다. 아이들을 데리고 다시 뉴욕에 자리잡고 사는 나의 옆에서 가장 큰 의지가 되어준 필립이 췌장암 말기 판정을 받고 한 달 만에 갑작스럽게 떠났다. 오전까지도 함께 얘기를 나누던 사람을 밤에 저세상으로 보낸 황당한 경험은 한동안 나를 무감각하게 만들었다. 무슨 영화 속에서나 볼 수 있는 일이라서 아직도 그날을 몇 번씩 필름 돌리듯 돌려본다. 내가 어떻게 달리 행동했다면 그의 운명을 좀더 연장할 수 있었을까 생각해 보며⋯⋯

감당할 수 없이 아쉽고 슬픈 일들이지만 한편으로 그게 인생이란 걸 배운다. 사랑하는 이를 떠나보낸 경험은 우리 인생이 영원하지 않음을 상기시켜주었다. 또 그들에게 끝없는 사랑과 축복을 받으며 살아온 것에 대해 내가 할 보답은, 더 많은 사랑을 여기에 있는 사람들과 나누는 것이란 생각을 하게 되었다. 어렵고 섭섭하고 좋지 않은 경험 속에서도 우리는 성숙해지고 다시 일어나는 법을 배운다.

처음 출판사로부터 책을 써보지 않겠느냐는 제의를 받았을 때, '어찌 내가 감히, 말도 안 되지' 하고 생각했는데 사랑하는 이들을 떠나보내며 생각이 바뀌었다. 지금 당장 내 안에 있는 생각일 뿐, 언젠가 또 바뀔 수 있는 생각일지라도 그것을 현상태에서 정리해보는 기회가 주어진 것은 감사할 일이라고 느껴졌다.

이 책의 표지에 인쇄되는 이름은 내 이름 하나뿐이겠지만, 모든 책이 그렇듯이 이 책 한 권을 내는 데까지는 아주

많은 사람들의 시간과 수고가 들었다. 하물며 에세이는 저자의 삶을 재료로 하는 장르다. 나는 결코 내 삶을 혼자 쓰지 않았다. 나는 내가 거쳐온 모든 사람들이 '백혜선 지음'이라며 선보일 이 책을 함께 쓴 저자들이라고 생각한다. 그리고 이 책에 언급되지 않은 저자들 중 감사를 전해야 할 분들이 너무도 많다.

나의 초등학교, 중학교 성장에 맞게 여러 곡을 섭렵하게 해주었고 노래가 무엇인지 가르쳐준 정진우 교수님, 그리고 인내심으로 이 둔재를 재주 있는 애처럼 보이도록 매주 가르쳐준 나의 은인 반포 이경숙 선생님께 감사드린다. 이 두 분께 가르침을 받기 위해 서울로 유학을 갔고, 그로부터 삼년 후에 미국 유학을 할 수 있었다.

미국 보스턴에서 십오 년의 유학생활은 나를 서서히, 그러나 동시에 송두리째 바꾸어놓았다. 월넛 힐 예술학교에서의 경험은 관심, 격려, 희망과 용기가 얼마나 중요한지를 일깨워주었다. 잔뜩 주눅 든 중학생 백혜선이 어떻게 탈바꿈을 할 수 있을지 전혀 가늠할 수 없는 암흑시대에도 내가 서서히 바뀌고 있었던 것은 변 선생님과 셔먼 선생님의 철저한 지도가 있었던 덕분이다.

유학 동안 보스턴 한인교회의 모든 분들의 진심 어린 격려와 사랑에 감사드린다. 변 선생님의 성가대 지휘와 무서운 훈련 아래 합창의 진수를 배우고 오르가니스트로서 활동하며 신앙심을 키워나갈 수 있었다. 신앙은 나에게 엄청난 긍정적 희망의 근원이 되었다.

서울대에 같이 있었던 모든 동료들은 나의 가슴을 찡하게 만드는 분들이다. 나의 첫 직장인 서울대를 사랑하는 마음은 지금도 변함이 없다. 그리고 나로 하여금 고향과의 연결이 끊어지지 않도록 석좌교수라는 의미 있는 자리를 마련해준 대구 가톨릭대학교에 깊이 감사드린다.

미국으로 아이들을 데리고 온 뒤 인생에서 가장 힘든 광야의 경험을 한 가운데서도, 나를 지켜주고 지탱해준 원동력은 뉴욕 한인교회이다. 나의 아이들이 믿음을 가질 수 있게 해주었고, 내가 한국인임을 잊지 않게 해주고, 가족처럼 가장 친밀히 일거수일투족을 함께해준 곳이다. 100년의 교회 역사 속에서 한국을 대표하는 엄청난 기라성 같은 음악가들이 이 교회를 통해 많이 나왔으며, 내가 15년 이상 이 성가대를 이끌고 동고동락하는 동안에도 유망하고 젊은 차세대 성악가들이 끝없이 배출되는 것을 지켜봐왔다. 내가 음악의 기본인 노래(멜로디)와 목소리의 어울림(합창)의 아름다움을 깊이 터득한 것도 이곳 덕분이었다. 그렇기에 뉴욕 한인교회 성가대는 눈물 없이 말할 수 없는, 나의 자식 같은 내 심장의 중심부이다.

이 책이 세상에 나올 수 있게 해준 다산북스 출판사 김선식 대표님과 마스트미디어 김용관 대표님을 비롯한 직원 분들에게 감사드린다. 그리고 나의 옆에서 조용히 모든 걸 지켜봐주는 나의 동생 가족과 오빠 가족들께 특히 감사의 마음을 전하고 싶다.

정신없이 다니고 잘 잊어먹는 선생을 늘 이해하고 배려해주는 제자들, 또 격려를 아끼지 않는 후배들과 친구들, 그들의 마음이 너무나 큰 힘이 되고 고맙다. 이 고마움을 다 전달하려면 또 하나의 책이 나와야 할 것 같다.

어머니의 눈물과 기도가 지금의 나를 있게 했다. 그만큼, 나는 정말 복이 많은 사람이다. 좌절도 복 중에 하나다. 그것을 깨닫게 해주신 하나님께 이 모든 것을 맡기며 무한한 감사를 하지 않을 수 없다.

추천의 글

신수정
서울대학교 명예교수,
대한민국 예술원 회원

피아니스트 백혜선을 묘사하는 한 단어는 거인巨人입니다.

아주 오래전 백 선생님을 처음 만났을 때부터 지금까지 한결같이 마음속에 떠오르는 단어입니다.

1994년 6월 어느 날 새벽 나를 깨운 낯익은 백 선생의 어머님 목소리! "혜선이, 차이콥스키 (1등 없는) 3등 했어요!"

얼마나 기뻤었는지요. 어머님은 우리 곁을 떠나셨어도 지금도 생생한 기억으로 남아 있습니다.

거인! 체구뿐만 아니라 거대한 레퍼토리의 거인.

브람스 협주곡 2번을 연주할 때에도 피아노에 매달리는 것이 아니라 피아노를 주무르며, 리스트 '돈 주앙의 회상'이든 '디아벨리 변주곡'이든 척척 배워냈지요. 또 무대에서의 당당함! 그러면서도 한없이 겸손한 그 미소.

이번에 이 책을 읽으며 몰랐던 새로운 사실을 발견했습니다. 거인 뒤에 숨은 그 거인다운 노력을. 또 하나 놀란 것은 그의 필재! 자신의 선생님 러셀 셔먼에게서 피아노뿐만 아니라 글 솜씨도 배웠나봅니다. 숨기거나 꾸밈없이 있는 그대로를. 새로운 감동이었습니다.

그러나 무엇보다도 제가 사랑하고 존경하는 것은 그의 거인다운 인품입니다.

너그럽고 통이 큰 마음, 제자들에게 가진 것을 다 퍼주고 싶어하는 헌신적인 레슨.

용단을 내리고 서울대학교를 떠났을 때 너무 아쉬웠으나 이제는 모교인 명문 뉴잉글랜드 콘서바토리에서 백 선생의 오늘을 있게 해주신 러셀 셔먼, 변화경 선생님, 은사님들과 우리나라를 위해 그리고 세계 피아노계를 위해 그 거인다운 행보를 계속해 나아가고 있습니다. 응원합니다.

나는 좌절의 스페셜리스트입니다

초판 1쇄 발행 2023년 1월 26일
초판 3쇄 발행 2023년 4월 13일

지은이 백혜선
펴낸이 김선식

경영총괄 김은영

콘텐츠사업본부장 임보윤

책임편집 이승환 **디자인** 권예진 **책임마케터** 이고은
콘텐츠사업3팀장 이승환 **콘텐츠사업3팀** 김한솔, 김정택, 권예진, 이한나
편집관리팀 조세현, 백설희 **저작권팀** 한승빈, 이슬
마케팅본부장 권장규 **마케팅2팀** 이고은, 김지우
미디어홍보본부장 정명찬 **디자인파트** 김은지, 이소영 **유튜브파트** 송현석, 박장미
브랜드관리팀 안지혜, 오수미 **지식교양팀** 이수인, 염아라, 석찬미, 김혜원, 백지은
크리에이티브팀 임유나, 박지수, 변승주, 김화정 **뉴미디어팀** 김민정, 이지은, 홍수경, 서가을
재무관리팀 하미선, 윤이경, 김재경, 안혜선, 이보람
인사총무팀 강미숙, 김혜진, 지석배, 박예찬, 황종원
제작관리팀 이소현, 최완규, 이지우, 김소영, 김진경, 양지환
물류관리팀 김형기, 김선진, 한유현, 전태환, 전태연, 양문현, 최창우
공동 기획 및 매니지먼트 마스트미디어

펴낸곳 다산북스 **출판등록** 다산북스 2005년 12월 23일 제313-2005-00277호
주소 경기도 파주시 회동길 490 **전화** 02-704-1724 **팩스** 02-703-2219
이메일 dasanbooks@dasanbooks.com **홈페이지** dasan.group **블로그** blog.naver.com/dasan_books

종이 신승지류유통 **인쇄·제본** 한영문화사 **코팅·후가공** 평창피앤지

ISBN 979-11-306-9672-0 03810